KB114012

자객전서

수담 · 옥 新무협 판타지 소설

FANTASTIC ORIENTAL HEROES

# 자객전서 2

## 수담 · 옥 新무협 판타지 소설

초판 1쇄 찍은 날 § 2014년 3월 14일
초판 1쇄 펴낸 날 § 2014년 3월 18일

지은이 § 수담 · 옥
펴낸이 § 서경석

편집부장 § 권태완
편집책임 § 정수경

펴낸곳 § 도서출판 청어람
등록번호 § 제387-1999-000006호
등록일자 § 1999. 5. 31
어람번호 § 제2-2476호

주소 § 경기도 부천시 원미구 심곡2동 163-2 서경B/D 3F (우) 420-822
전화 § 032-656-4452팩스 § 032-656-4453
http://www.chungeoram.com
E-mail § chungeorambook@daum.net

ISBN 979-11-5681-923-3 04810
ISBN 979-11-5681-921-9 (세트)

자객전서

**2**

수담 · 옥 新무협 판타지 소설

[산축금낭(山逐禽郞)]

FANTASTIC ORIENTAL HEROES

자객전서

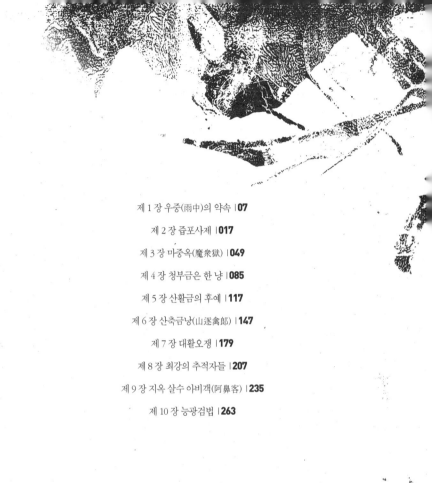

1장

우중(雨中)의 약속

정오가 되자 날씨가 갑자기 흐려졌다. 서쪽 하늘에선 천둥을 동반한 먹구름까지 몰려왔다. 자은사(慈恩寺) 경내에 있던 사람들은 심상치 않은 기상 변화에 다급히 몸을 피했다.

삼장법사의 일화가 담긴 칠 층의 누각 탑, 대안탑(大雁塔)의 사정도 다른 곳과 별 차이가 없었다.

탑을 오가던 그 많은 사람이 일순간에 사라져 버리고 열댓 명의 관람객만이 비를 피할 목적으로 대안탑 일 층 문미(門楣) 아래에 남았다.

청의 경장을 입은 이십 대 여인도 그중에 있었다. 그녀는 머리카락을 하나로 땋아 왼쪽 어깨에 길게 내려놓고 있었는데 서글서글한 눈매에 갸름한 콧날, 평범한 옷차림임에도 매우 돋보이는 용모를 소유하고 있었다.

잠시 후 장대 같은 비가 쏟아지기 시작했다. 금방 그칠 비가 아니라고 판단되자 대안탑 문미 아래에 있던 사람들마저도 하나둘 비를 맞으며 어디론가 떠났다. 청의 여인은 사람들이 그렇게 탑을 모두 떠난 시점에서도 그 자리를 고수했다.

우중의 시간이 흘러 어느덧 한 시진이 지났다.

장대비가 가을비로 바뀌던 시점에서 여인의 눈이 문득 빛났다. 대안탑으로 누군가 걸어오고 있었다.

우산을 들고 있기에 하체의 복장만 확인된다. 하체는 남자의 옷이다. 우산의 남자는 대안탑을 중심에 두고 천천히 거닐었다.

사연이 많은 곳인 듯 우산의 남자는 보행 중에 대안탑을 올려다보며 무거운 숨결을 흘려냈다.

잠시 후, 탑돌이를 마친 우산의 남자가 청의 여인이 머문 문미 아래로 걸어왔다. 우산의 남자는 그녀의 옆에 다다른 후 우산을 접어 벽에 등을 기댔다. 남자의 얼굴 모습이 이제 확연해졌다.

"아!"

여인의 입에서 실망스런 숨결이 흘러나왔다.

장년인.

우산의 남자는 얼굴에 주름이 가득한 오십 대 후반이었다.

확인할 사안이 아직 남은 듯 청의 여인은 실망의 기색을 보이면서도 장년인의 옆얼굴을 계속 훔쳐봤다.

장년인이 그녀를 돌아봤다.

"사람 무안하게 왜 그러시는가. 늙은이 얼굴 볼 게 뭐가 있다고…… 할 말 있으면 하시게."

청의 여인은 몇 번 망설이다가 어렵게 입을 열었다.

"혹시 올해 연세가 어떻게 되세요?"

초면에 대뜸 나이를 묻는다. 장년인이 눈살을 찌푸렸다.

"맹랑한 아가씨네. 다짜고짜 남의 나이는 왜 묻는가?"

"죄송해요. 제게 그럴 사정이 좀 있어요."

장년인은 여인을 잠시 묘하게 살펴보곤 대답했다.

"내년 삼월이면 환갑이 되지. 흐음… 그러고 보니 내가 오십 대로 살아갈 날도 이제 얼마 남지 않았군."

장년인의 말에 청의 여인은 손가락으로 무언가를 급히 헤아려 봤다. 잠시 후, 여인은 무척 허무한 표정으로 고개를 저었다.

빗줄기가 다시 강해지기 시작했다.

청의 여인과 장년인은 비에 젖는 대안탑 일대를 바라보며 하염없이 시간을 보냈다. 대기의 시간을 보내던 중에 장년인이 여인을 힐끔힐끔 훔쳐봤다. 이제 관심을 보이는 쪽은 장년인이었다.

"곧 날이 저물 거야. 그만 기다리고 돌아가시게. 올 놈 같았으면 벌써 왔어."

"놈?"

느닷없는 '놈'이란 말에 여인이 고개를 돌려 장년인을 쳐다봤다.

"처자 나이에 애타게 기다리는 대상이라면 정분을 나눌 남자밖에 더 있겠는가? 속일 생각은 마시게. 이게 다 인생 경험에서 나오는 것이니까."

"흠."

여인이 가볍게 눈을 흘겼다. 애타게 기다리는 대상이 있다고 한들 굳이 인생 경험까지 들먹일 필요는 없지 않은가.

"아저씨는 오늘 같은 날, 왜 대안탑에 나오셨어요? 도망간 부인이라도 기다리시는 건가요?"

"허!"

여인의 당돌한 말에 장년인이 실소를 지어냈다.

"마누라 때문에 대안탑에 나온 것은 맞는데 도망간 것은 아냐. 내 마누라는 삼 년 전에 하늘나라로 떠났어."

"하면 지금은 왜?"

"비 오는 날, 왜 대안탑을 실없이 돌아다니느냐고?"

"네."

"그건 추억 때문이지. 젊은 시절 이곳에서 마누라와 처음 만났는데 오늘처럼 장대비와 가랑비가 뒤섞여 내렸지. 그래서 마누라가 떠난 이후로 난 비가 오는 날이면 탑으로 나와 그날을 그리워하는 시간을 보내지. 내 유일한 낙이기도 하지."

사랑했던 부인을 그리워하는 심정.

여인은 그게 어떤 심정인지 알 것 같다는 표정으로 고개를 끄덕였다.

"처자는 아직 한참 젊네. 앞으로 얼마든지 새로운 삶을 살수 있다는 뜻이지. 하니 떠난 놈은 잊고 새로운 운명을 찾으시게."

좋은 말이긴 한데 조언까지는 아닌 듯 청의 여인은 쓸쓸한 미소를 입가에 머금었다.

"떠난 적도 없고, 아직 만난 적도 없는 연인이라면 어떻게 하지요?"

"으응?"

이해가 잘 안 되는 말이다. 장년인이 고개를 갸웃하며 다시 물었다.

"하면 이곳은 어떻게 나왔지?"

"그야 약속을 했기 때문이죠."

"약속은 언제 했는데?"

"나는 어제 했고 그 사람은 십오 년 전에 했지요."

"뭐?"

장년인이 눈을 멀뚱거렸다. 황당한 심정일 터다.

"오늘 다시 약속하면 그 사람은 또 십오 년을 기다려야 하지요. 그래서 만나자는 약속도 함부로 하지 못하죠."

"대체 무슨 소리를 하는 건가?"

"하하!"

장년인의 짜증 섞인 반문에 청의 여인은 웃으며 문미를 벗어났다.

여인은 비를 고스란히 맞는 모습으로 장년인을 마주 쳐다보며 말했다.

"설명해 줘도 아저씬 이해 못해요. 어쩌면 그땐 나를……."

"그때 뭐?"

"미친년이라고 욕할지도 몰라요."

미쳤다는 말에 장년인의 얼굴이 순간적으로 굳었다.

청의 여인은 그 말 이후 장년인의 대답을 듣지 않고 빗속으로 뛰어갔다.

　장년인은 농락을 당한 표정으로 혀를 찼다.

　"허! 그것 참, 멀쩡하게 생겨 가지고……."

## 2장

즈포사제

당신은 약속 장소에 나오지 않았어요.

혹시 몰라서 일몰 시각까지 계속 기다렸는데도 대안탑에 끝내 나타나지 않았어요. 어떻게 된 일이죠?

설마 당신에게 안 좋은 일이 생긴 것은 아니겠죠?

어쩌면 약속을 잊은 것일 수도 있어요. 버겐 하루의 기다림이지만 당신에겐 십오 년을 기다려야 하는 약속이었으니까요.

아무튼 우리 다시 한 번 만나기로 해요.

이대로 그냥 있자니 걱정이 되어서 아무 일도 못하겠어요.

태화 팔 년 구월 이십일일 이추수 올림.

숙소로 돌아온 이추수는 비에 젖은 옷을 갈아입고 전서를 작성했다. 내용은 비교적 간략했다. 하고픈 말과 묻고픈 말이 많았지만 걱정이 앞서 내용을 길게 이어갈 수 없었다.

"유월아, 넌 어떻게 생각하니? 사연 아저씨가 왜 약속 장소에 나오지 못한 거니?"

창가에 있던 유월이 그녀의 손 안으로 날아들었다.

답을 기대한 물음은 당연히 아니다.

아무리 영물이라도 어찌 사람의 말을 할 수 있을까.

이추수는 유월이의 다리에 전서를 매달고 창문 앞으로 다가갔다. 곧 유월이 날개를 퍼덕이며 밤하늘로 날아올랐다.

"휴우, 다른 일이 없어야 할 터인데……."

유월이가 시야에서 사라진 후 이추수는 걱정의 한숨을 내쉬며 야공을 올려다봤다.

공허감에 가슴이 먹먹하다.

최근 들어 전서를 보내고 나면 이상하게 이런 감정에 자주 젖는다.

'그 사람을 그리워해서일까?'

감정의 실체에 대해선 잘 모른다. 그 사람은 과연 그녀에게 어떤 존재일까. 이 감정이 무엇인지 알려면 서로의 눈을 마주해서 가슴으로 느껴봐야 한다.

"하지만 만날 수 없는걸. 그 사람은 전서 속에서만 존재하는 사람인걸."

그녀는 쓸쓸한 심정으로 침상으로 돌아왔다. 유월이는 아침이나 되어서야 되돌아온다. 침상에 드러눕는다. 심란해서 그런지 지금은 아무것도 하고 싶지 않다. 씻는 것도 귀찮다.

하지만 눈을 감았음에도 잠은 쉽게 오지 않는다. 뇌리에 자꾸만 그 사람의 모습이 가물거린다.

"휴, 진짜 내가 왜 이러지. 이추수 잠이나 자, 잠!"

그녀는 억지로라도 잠을 잘 요량으로 숫자를 헤아리기 시작했다.

그렇게 숫자 백에 육박할 무렵이었다.

"이추수! 이추수 지금 거기에 있지!"

숙소 밖에서 남자의 거친 음성이 들려왔다.

누구인지는 목소리만 들어도 안다.

담사연과의 전서에서 밝혔던 악질 선배 포교이다.

그녀는 이불을 머리끝까지 뒤집어쓰고 귀를 막았다.

야밤에 찾아온 선배 포교.

좋은 일로 찾아왔을 리가 만무하다. 되도록 안 만나는 것이 최선이다.

쾅!

문이 벌컥 열렸다. 누군가 발로 걷어찼다고 해야 할 것이다.

"어쭈, 초저녁부터 잠을 자? 아주 살판났구나, 이추수! 기상! 당장 기상! 이추수!"

포교 복장의 장년인이 이추수의 침상 앞으로 성큼 걸어왔다. 얼굴에는 주름이 가득한데 신체 골격과 눈빛의 사나움은 이십 대 청춘 같은 장년인이었다.

"이추수, 셋을 헤아린다! 하나, 둘…… 셋."

장년인이 셋을 헤아리던 시점에서 이추수는 이불을 확 열어젖혔다.

"선배, 지금 뭐하시는 거예요! 난 오늘 공일이란 말이에요!"

이추수는 상체를 일으켜 장년인을 표독스럽게 노려봤다. 이런 일이 하루 이틀이 아닌 듯 장년인은 심드렁한 얼굴로 이추수를 마주봤다.

"한가한 소리 하고 있네. 하룻밤에도 몇 건씩 강력 사건이 터지는데 포교에게 공일이 어디에 있어? 공일을 찾고 싶으면 이 직업을 당장 그만둬. 그러면 대낮에 잠을 자든 공상을 하든 아무도 말리는 사람이 없을 테니."

장년인의 말에 이추수는 찡그린 얼굴로 침상에서 빠져나왔다. 불만이 있다고 해서 어찌어찌 개겨볼 상대가 아니다. 포청의 말단 직급에 불과한 순찰포교이지만 장년인은 포교의 세계에서 신화와도 같은 존재다. 무림맹의 지역 단체장이라고 한들 이 사람 앞에서는 감히 권위를 들먹일 수 없다.

"말해봐요, 선배. 이 시간에 왜 날 찾아왔어요?"

"새삼스럽게 왜 그래? 이 밤에 내가 널 찾을 이유가 뭐가 있겠어? 복장 갖춰 입고 나와. 사건 발생이다."

사건이란 말과 함께 장년인은 숙소 문으로 돌아섰다. 이추수는 투덜대는 와중에 평상복을 벗고 남색의 포교 복장을 차려 입었다.

포교 복장을 갖추고 무림맹 신분을 알리는 영웅건을 머리에 둘렀을 때 장년인이 귀신같이 다시 돌아섰다. 장년인은 마주선 자세에서 이추수의 얼굴을 잠시 짜증스럽게 쳐다봤다.

"쥐 잡아 먹었냐? 당장 지워."

"뭘요?"

처음엔 무슨 뜻인지 그녀가 몰랐다. 그녀는 이어지는 장년인의 말을 듣고서야 '지워'라는 말뜻을 알게 됐다.

"쯔쯔, 꼴에 여자라고 얼굴 꼬락서니 하고는…… 이 참에 포교 생활 때려 치고 기방으로 가. 거긴 여가 생활도 보장되고 보수도 좋을 거야."

마뜩찮은 음성을 남기고 장년인이 숙소를 먼저 나갔다.

이추수는 탁자 위에 놓인 동경을 문득 쳐다봤다. 입술연지를 진하게 바른 이십 대 여자가 동경 안에 있었다.

"씨, 하필이면……."

그녀는 평소에 화장을 거의 하지 않는다. 사건 현장을 뛰어다닐 때면 세안도 거슬리기 일쑤이다. 오늘은 전서의 그 남자를 만난다기에 특별히 화장을 해보았다.

숙소 밖에서 장년인의 음성이 들려왔다.

"빨랑 나와, 이추수! 셋만에 안 나오면 악양에 돌아가서 지금 너의 모습을 동네방네 소문낼 거다!"

이추수는 입술 화장을 급히 지우고 숙소를 뛰어나갔다.

"알았어요, 선배! 지금 나간다고요!"

*　　　*　　　*

사건 발생 장소는 장안 저자의 외곽에 위치한 작은 민가였다. 현재 그곳에서는 무림맹 총단에서 나온 포교들과 검시관들이 현장 조사에 임하고 있었다.

"무슨 사건인데 무림맹에서 직접 나와서 수사를 해요?"

"살인."

"여긴 민가예요. 피해자가 민간인이란 말인데 무림맹의 포교들이 왜 현장 검시를 해요?"

"피해자가 민간인이 아니니까 그렇지."

현장으로 향하는 동안 이추수는 사건에 대해 이것저것을 물었다. 장년 포교는 그때마다 무성의하게 짧게 대답했는데 이추수는 이런 장년 포교에게 불만을 표출하지 않았다. 수사에 임하는 장년 포교의 모습에 익숙해져 있는 것이다.

사건 현장에 다다랐다.

장년인과 이추수는 현장을 통제하는 동아줄 앞에서 일단의 무인들에게 진입이 저지됐다.

장년 포교가 신분 명패를 꺼내 무인들에게 건넸다.

"악양 순찰부의 구중섭이요. 악양의 무림지부장 곽공께서 이번 사건에 큰 관심을 두고 있으니 검시를 승인해 주시오."

명패를 확인한 무인들이 서로를 돌아보며 웅성댔다.

악양의 무림지부장 곽공의 명성 때문이 아니다. 바로 눈앞의 이 사람, 장년 포교의 명성 때문이다.

즙포왕 구중섭.

대포청의 신화, 포교계의 살아 있는 전설. 맡은 사건은 일천 리를 추적해서라도 반드시 검거하고 만다는 포교의 왕. 장안에서 활동하는 무인이라고 해서 어찌 이 사람에 관해 모를 수 있을까.

"만나 뵙게 되어서 영광입니다, 구 포교님. 자, 어서 안으로 들어가시지요."

당연한 일이겠지만 신분을 밝힌 후에 구중섭의 현장 진입은 바로 승인됐다. 문제는 구중섭을 뒤따르는 이추수다. 구중섭에 이어 이추수가 현장으로 들어가고자 할 때 무인들의 저지가 다시 있었다.

그녀가 미간을 좁혔다.

"뭐야, 이거? 즙포왕은 알면서 즙포여제에 대해서는 몰라?"

"즙포여제?"

무인들이 눈을 끔벅였다. 즙포여제. 금시초문이다. 그나마 연상되는 것은 즙포왕을 졸졸 따라다니는 여자 보좌관이 하나 있다는 정도이다.

"니들, 오늘 운 좋은 줄 알아. 여기가 악양이었다면 나를 몰라본 것만으로도 경을 쳤을 거야."

그녀는 일방적인 말을 건넨 후에 통제 구역을 지나 구중섭을 뒤따라갔다.

무인들은 그녀가 지나갈 때까지 그저 지켜보기만 했다.

시신이 있는 곳은 민가의 구석방이었다. 피해자는 서른 살 가량의 여인이었는데 알몸으로 침상에 엎드려 누워 있었다. 시신의 등은 칼로 그어져 거미줄이 되어 있었고, 침상 바닥은 적출된 핏물 내장으로 범벅되어 있었다.

"응? 이건?"

시신을 본 이추수는 눈을 빛냈다.

등판에 거미줄 자상. 내장과 장기가 적출된 시신.

악양에서도 이런 시신을 접해보았다.

"선배, 혹시?"

혹시라는 물음에 구중섭은 굳은 얼굴로 고개를 끄덕였다.

"맞다. 이 사건 역시 혈지주의 짓이다. 정말 위험한 놈이다. 놈은 무림맹 총단이 지척인 곳에서도 전혀 주저하지 않고 범행을 저지르고 있다."

구중섭이 그녀를 찾아온 연유를 이제 알 것 같았다. 실은 그녀와 구중섭이 장안으로 오게 된 것도 바로 그 혈지주 사건과 연관되어 있었다.

혈지주 사건은 올해 초 절강성 항주에서 처음 시작됐다. 피해자는 항주의 유명한 여성 무림인, 미용산금 노주현이다. 그녀는 서호 호변에서 강간을 당한 후 내장이 적출된 시신의 모습으로 잔인하게 살해됐다. 흉수는 그 사건 이후 잠적했는데 시신의 등에 남긴 거미줄 같은 자상을 빗대어 혈지주로 불리게 되었다.

노주현 범행 한 달 후, 강서성 남창에서 또 다른 피해자가 나왔다. 이번엔 남창 무림지부에서 여중 최고수로 명성을 날리던 옥화산검 교은설이었다. 무공이 일급 수준에 준한다는 그녀가 흉수에게 잔인하게 강간당하고 내부 장기가 적출되어 버리자 지역 무림은 발칵 뒤집혔다. 그러나 흉수는 항주에서도 그랬듯 그 사건 이후로 어떤 흔적도 남기지 않고 강서성에서 완전히 잠적해 버렸다.

항주에서 남창, 다시 합비에서 중경. 혈지주 연쇄 살인은 대류의 성도를 돌며 한 달에 한 번씩 발생했다. 무림맹에서는 혈지주 사건을 일급 범죄로 규정해 범인 검거에 전력을 다했지만 일곱 명의 희생자가 나올 때까지 이렇다 할 성과를 올리지 못했다.

구중섭이 혈지주 사건에 뛰어들게 된 것은 혈지주 연쇄살인의 여섯 번째 희생자가 된 남지연 사건으로 인해서였다. 피해자 남지연은 무림맹 악양지부장 소요원검 곽공이 애지중지하는 이부인인데 범인은 대담하게도 악양지부 그녀의 처소로 침입해 강간하고 잔인하게 죽여 버렸다. 부인의 죽음에 분노한 곽공은 구중섭을 직접 찾아가 눈물로 호소하며 이 사건을 전담해서 처리해 줄 것을 요청했다.

혈지주 수사에 임한 구중섭은 범인이 사건을 일으킨 동선을 추적 조사한 결과, 차후의 살인 예정 지역으로 장안을 예측했다. 예측은 거의 들어맞았다. 혈지주는 한 달 전, 낙양에서 일곱 번째 범행을 저지르고 장안으로 잠입하여 이번에 다시 여덟 번째 희생자를 현장에 남겼다.

범인의 추적과 범죄 현장은 이제 하루로 좁혀졌다. 그만큼 범인과 가까운 곳에서 구중섭이 수사에 임한다는 뜻과 같았다.

현장 담당자로부터 시체 검안을 승인받은 구중섭은 시신을 바로 눕혀 이곳저곳을 살폈다. 이추수는 수사 일지를 들고 필기를 준비했다.

"피해자는 이십 대 후반의 여성으로 추정. 골격의 구조로 보아 무공을 수련한 흔적이 보임. 강간의 흔적과 더불어 등에는 스물아홉 번의 자상이 새겨져 있음. 강간의 체위는 후배위. 정액 사출의 시점은 스물아홉 번째의 자상을 남길 시점이며, 최종 사망 시점은 열두 번째의 자상으로 추정됨……."

"응? 열두 번째의 자상 시점?"

이추수가 필기하다 말고, 고개를 갸웃했다.

"사망 시점이 왜 열두 번째 자상 시기이죠? 범인의 정액 사출이 스물아홉 번째의 칼질에서 이루어졌다고 말했잖아요?"

구중섭이 시체의 입을 벌려 무언가를 확인하며 답했다.

"열두 번째 자상에서 범인의 칼이 피해자의 명문혈을 뚫고 심장을 관통했다. 심장이 관통당하고도 피해자가 살아 있을 수는 없지 않느냐."

"그, 그렇다면? 더러운 새끼!"

이추수는 반문하다 말고 인상을 와락 구겼다. 여인이 죽은 시점에서 열일곱 번의 칼질을 더 한 후에 정액이 사출됐다. 이는 곧 시간. 범인이 죽은 여인을 강간했다는 뜻이 된다.

구중섭이 차분한 어조로 말했다.

"범인의 행위에 분노는 하되, 포교로서 현장조사의 냉철함은 유지해라. 우리는 지금 인간이기를 포기한 짐승의 흔적을 뒤쫓고 있다. 수사관이 감정에 흔들려 작은 단서라도 놓치게 된다면 제 이, 제 삼의 피해자가 생겨나게 될 뿐이다."

"……."

이추수는 인내의 눈빛으로 구중섭의 주장에 동의를 해보였다. 평상시에는 별것 아닌 일로 말싸움을 벌이는 선후배 포교 사이이지만 현장 수사에 돌입했을 때는 스승과 제자의 모습이 되는 두 사람이다.

구중섭이 문득 시체에서 한 발 물러서서 무언가를 진중히 생각했다. 검안 과정에서 의문이 생겼다는 뜻이다.

이추수가 물었다.

"다른 문제가 있습니까?"

"흐음, 글쎄다. 아직은 확실하게 답할 수가 없구나. 어쩌면 범인은 모종의 목적을 가지고 이런 범행을 저지르고 있는지도 모르겠구나."

말뜻이 애매하다. 이추수는 다시 물었다.

"목적이라니요? 변태 성욕을 풀어내는 짓거리 외에 다른 뜻이 또 있다는 겁니까?"

"저기를 살펴봐라."

구중섭이 시체의 파헤쳐진 복부를 눈짓했다.

이추수는 시체에 가까이 다가가 복부를 살펴봤다. 내장이 적출되고 창자가 길게 삐져나온 모습. 구역질이 날 정도로 끔찍한 장면인데 그런 것 이외에 특별히 이상한 점은 그녀의 눈에 발견되지 않고 있었다.

구중섭이 말했다.

"범인은 피해자의 내장을 단순히 적출하지 않았다. 파헤쳐진 시신의 몸체 안쪽을 잘 살펴보면 곳곳에 찢기고 뜯긴 상흔이 남아 있다. 다시 말해 범인이 시신의 몸 안에서 무언가를 찾고 있었다는 거다."

구중섭의 말을 들으며 그녀가 다시 살펴보니 확실히 그런 자국이 시신의 몸 안에 있었다. 다만 그렇다고 해서 범인이 무언가를 찾고 있었다는 그 주장에 설득력은 실리지 않았다. 혈지주는 역대 무림에서도 보기 드문 최악의 연쇄살인범이다. 시간의 행위에서 보듯 변태 성욕을 풀고자 얼마든지 시신에 손상을 입힐 수 있다.

"범인은 변태 성욕 외에 시신의 상태를 확인 검안하는 악취미도 가지고 있는 모양입니다."

이추수의 가벼운 답변에 구중섭은 꾸짖듯 엄히 말했다.

"이추수, 우린 살인범을 잡는 포교다. 일반인처럼 단순하게 생각해선 안 된다. 연쇄살인범이 남긴 흔적 하나하나에 문제의 해답이 있다. 자고로 이유 없는 범행이 없듯, 범인이 시신의 몸을 파헤쳤다면 거기엔 반드시 그렇게 했어야 할 목적이 있다. 우린 그것이 무엇인지 알아내야 한다."

"미안해요, 선배. 내가 생각이 짧았어요."

이추수는 반성하는 모습을 솔직하게 보였다.

수사의 시작은 범인이 남긴 흔적에서 출발한다. 흔적엔 단서가 있고, 단서의 뒤엔 범인의 실체가 숨어 있다. 구중섭이 그녀의 귀에 못이 박히도록 이야기해 준 수사 지침이다.

그녀는 그 말 이후 시신의 몸을 진지하게 살펴보며 수사 일지에 차근차근 기록해 나갔다.

구중섭이 그런 그녀의 모습을 잠시간 흐뭇하게 지켜보고는 뒤돌아섰다. 더는 검안을 할 필요가 없다는 뜻이다. 잠시 후, 구중섭의 뒤를 이추수가 따라붙었다. 걸어가는 길에 무림맹의 현장 관리자가 구중섭에게 다가와 검안 결과에 대해서 물었다. 구중섭은 세세한 설명 없이 눈에 보이는 점만 간단히 설명하곤 서둘러 현장을 빠져나갔다.

*　　　*　　　*

현장 조사를 끝낸 구중섭은 숙소로 바로 돌아가지 않았다. 그는 수사 중에 술을 엄금했던 평소의 모습과 다르게 숙소 앞의 객잔으로 들어가 화주를 시켜 마셨다. 술을 마실 때의 표정은 처자식 버리고 도망 나온 사람처럼 너무나 괴로워하고 있었다.

구중섭의 맞은편 자리에 이추수가 앉았다.

그녀는 구중섭의 고민스런 얼굴을 쳐다보곤 눈을 흘겼다.

"말해봐요, 뭐예요? 내게 원하는 것이 또 뭐예요?"

"으음."

구중섭이 떨떠름한 음성을 흘려냈다. 속임수가 통할 이추수가 아니다. 구중섭이 그녀에 대해 잘 알고 있듯, 이추수 역시 구중섭에 대해서 너무나 잘 알고 있다.

"내가 가장 소중히 생각하는 후배 포교인데 원하고 말고 할 게 어디에 있느냐."

"선배! 지금 선배의 표정이 내게 얼마나 웃기게 보이는 줄 알아요? 어렵게 돌리지 말고 그냥 쉽게 말해요. 나야 뭐, 즙포 왕이 시키면 시키는 대로 하는 즙포 보좌관 아닌가요."

이추수의 말에 구중섭이 그제야 원래 모습으로 돌아왔다.

"그렇지? 후배와 나는 한 몸이지? 그럼 후배의 요구대로 쉽게 말할게."

구중섭은 화주를 한 잔 비우고 나서 이추수에게 잔을 내밀었다. 친근하게 술을 따라주는 과정에서 구중섭의 말이 있었다.

"혈지주를 잡고 싶으냐?"

"그걸 말이라고 해요? 그런 놈은 반드시 검거해서 사지를 찢어 죽이는 형틀에 올려야 해요."

이추수는 답과 동시에 잔을 단번에 비웠다. 그녀의 의지를 한 잔의 술로써 표현했다고 할 수 있다.

"네 뜻이 진정 그렇다면 이 사건에서 네가 해주어야 할 일이 있다. 하겠느냐?"

이추수가 눈을 빛냈다. 그냥 해본 말이 아니다. 범인을 검거할 어떤 단서를 잡았다는 뜻이다.

"혈지주의 정체에 대해 알아낸 거예요?"

"단정은 못한다. 다만 혈지주로 추정되는 놈이 하나 있다. 그놈은 예전의 무림에서도 그렇게 흉악한 짓거리를 했었다."

"그게 누구예요?"

이추수는 솔깃한 얼굴로 물었다. 이젠 그녀가 이 사안에 대해 더 관심을 보이고 있었다. 구중섭이 이추수의 그런 표정을 은근히 살펴보며 대답했다.

"십주요마 사예충. 이십 년 전에 사파무림에서 상당한 악명을 떨쳤던 놈이지."

"십주요마 사예충?"

이추수는 고개를 갸웃했다. 어디선가 들어본 명호이다.

"혹시 사중십마 중의 한 존재를 말하는 거예요?"

"맞다. 사중십마 중의 말석을 차지했던 바로 그 사예충이다."

"아!"

의외의 인물 거론에 이추수는 다소 놀란 반응을 비쳤다. 악명이긴 해도 사예충은 무림사에서 상당한 족적을 남겼던 인물이다. 따라서 구중섭의 추정이 옳다면, 그땐 혈지주가 단순한 변태 성욕 연쇄살인범이 아니란 뜻이 된다.

"사중십마는 이십 년 이전의 무림 시대에서 강호인들에게 엄청난 영향력을 끼쳤던 사파의 무림인들이다. 제 잘난 멋에 살아가던 정파의 무림단체들이 그들의 기세에 대항코자 정파 연합을 세 번이나 이루었을 정도다."

무림이 정파와 사파로 첨예하게 갈렸던 그 시절, 혜성같이 등장한 열 명의 초인. 강호인들은 그들을 사중십마, 혹은 천중십존이라고 불렀다. 한 세대에 한 명만 출현해도 능히 일절로 불리었을 그들이 같은 시기에 일제히 등장한 것은 무림의 큰 불운이었다. 한편으로 그들 모두가 정파가 아닌 사파 무림을 지향했다는 점에서 그건 무림의 재앙과도 같은 일이 되었다. 정파 무림은 그 사중십마의 기세에 대적코자 정천맹, 동심맹, 정무련으로 이어지는 이합집산을 거듭해야 했다.

"정파와 사파의 전쟁, 칠년전쟁이 정파의 승리로 끝을 맺었지만, 그 속내를 보면 그건 진정한 정파의 승리라고 볼 수 없다. 칠년전쟁의 초기에 사중십마가 서로 반목해서 갈라지지 않았다면 정파의 승리는 애초에 불가능했다."

이추수는 구중섭을 말을 조용히 새겨들었다. 그녀가 알고 있는 사실은 기록에 남은 역사의 단편적인 과정뿐이었다. 그 시대를 살아온 사람의 입에서 나오는 무림 역사야말로 진실된 역사라고 할 수 있었다.

"근자의 시대에서 벌어졌던 무림의 큰 사건을 되돌아보면 대부분 그 사중십마와 관련이 되어 있다. 예를 하나 들면 최근에 신마궁의 부흥으로 무림맹이 꽤나 시끄러운데, 그 신강에서 벌어졌던 일차 신마교의 봉기 역시 사중십마와 관련이 되어 있다."

"신마교?"

경청하던 그녀가 솔깃한 눈으로 구중섭을 올려다봤다. 신마궁이란 단체가 얼마 전 신강에서 발기되어, 중원 무림을 침공하겠다고 대대적으로 알려왔다. 장안의 무림맹은 그 때문에 신마궁의 무리를 정벌할 무림인을 조직하느라고 현재 큰 내홍을 앓고 있었다.

한편으로 그녀가 관심을 보인 또 다른 이유는 전서의 남자, 담사연의 행적과 관련이 있는 곳이 바로 신강의 신마교인 때문이다.

"이주신마, 일명, 신마가 사중십마에 반기를 들고 광마와 함께 신강에서 난을 일으켰다. 무림은 그 사건을 신강대전으로 부르는데, 당시 중원 무림의 이기적 조치로 말미암아 신강이 일반 무림인들의 무덤이라는 말이 떠돌 정도로 희생자가 엄청나게 발생했다."

구중섭이 역사적 사건을 나열코자 사중십마와 신강대전을 거론했을 리가 없다. 구중섭의 말은 이제 혈지주 사건과 관련이 있는 사안으로 진행되고 있었다.

"당시 신마가 사중천에 반기를 들게 된 이유는 다름 아닌, 십주요마 사예충의 범죄 행각 처리를 놓고 다른 십마와 갈등을 빚었기 때문이다."

"갈등이라면 어떤 것을 말함이죠?"

"요마의 자택에서, 무려 서른두 명에 이르는 여인의 시체가 나왔다. 하나같이 폭행과 강간을 당했고, 개중에는 난자한 칼질과 더불어 시간까지 당한 시신도 있었다."

"정말 나쁜 놈이었군요. 한데 사파인들은 원래 그런 악행을 저지르는 악한이 아닌가요? 요마의 처리를 놓고 사중천이 왜 반목을 했지요?"

"사파인이라고 해서 전부 인면수심의 악한이라고 생각해선 안 된다. 무림에서 정파와 사파는 동전의 양쪽과 같다. 무림 활동을 함에 인의와 무력, 그 둘 중 무엇에 더 가치를 두느냐에 따라 갈라질 뿐이다. 역대 무림을 돌아보면 사파인들 중에서 타의 모범이 되는 훌륭한 인격의 소유자도 있고, 반대로 정파인들 중에서 아주 사악한 심성의 소유자도 존재했다."

정파와 사파로 악인을 나눌 수 없다는 구중섭의 말뜻을 이추수는 이해했다. 결국 종파가 아닌 개인의 악한 본성이 문제라는 것이다.

"당시 일주검마, 일명 검마로 일컫는 사중천주 여불청은 십주요마의 악행을 용서할 수 무림 범죄로 규정하고, 사예충의 사중십마 퇴출과 더불어 사파의 기강 확립 차원으로 저잣거리에서 강제 참수를 주장했다. 허나 당시 사중천의 서열 이위였던 신마는 정파와의 결전을 앞두고 있다며 사예충의 참수를 강력히 반대했다. 나아가서는 십주요마에게 속죄의 기회를 주자며 대정투쟁 전면에 사예충을 앞세우자고 하였다."

"그래서요?"

"의견을 좁히지 못한 신마는 결국 여불청의 독재 정책을 비판하며 광마와 함께 사중십마를 탈퇴하곤 신강으로 건너가 신마교를 세웠다. 그 후에 신강대전이 발발하자 정사파 연합으로 전쟁을 치루는 무림사 초유의 일이 벌어졌지."

말을 마친 구중섭이 화주의 잔을 들어 목을 축였다. 이추수는 구중섭의 반응을 잠시 지켜보곤 조심스럽게 물었다.

"그래서 제가 할 일이 뭐죠?"

"신마가 신강으로 건너갈 당시 요마도 무림에서 자취를 감추었다. 풍문에 의하면 신마가 요마의 몸에 제약을 걸고 중원의 모처에 은신시켰다고 한다. 따라서 혈지주가 십주요마가 맞는다면, 우리는 무엇보다 신마가 요마에게 걸은 제약이 무엇인지, 아울러서 요마의 범죄 유형에 대해서 상세히 알아야 할 필요가 있다."

이추수는 콧등을 찡그렸다. 아직 본론이 나오지 않았다.

"그러니까 내가 할 일이 뭐냐고요. 말을 빙빙 돌리지 말고 쉽게 하세요."

이제 본론이다. 구중섭은 이추수를 똑바로 주시하곤 말했다.

"나를 대신해 한 사람을 만나주면 된다."

"누구요? 십주요마?"

"그놈의 거처를 알고 있으면 내가 이런 수고를 굳이 하지 않아도 되지."

"하면 일주검마 여불청?"

"칠년전쟁 초기에 죽은 사람이다. 정파와 사파의 전면전이 그 때문에 발발되기도 했지."

이추수는 멋쩍게 실소했다. 얼떨결에 말이 나왔다. 여불청이 이미 죽은 위인이라는 것은 그녀도 잘 알고 있는 사실이다.

"하면, 누구를?"

"칠년전쟁 이전의 정사파 대립 시기와 칠년전쟁 과정 속에서 사중십마는 거의 다 죽었다. 오늘날까지 공식적으로 생존이 확인된 사중십마는 삼주혈마 소적벽이 유일하다. 그러니까 그 사람을 나 대신 네가 만나서 조사해 주면 된다."

"삼주혈마 소적벽? 그 사람은 지금 어디에 있죠?"

"무림맹 중정부 마중옥."

중정부 마중옥이란 말을 하며 구중섭은 눈을 지그시 감았
다. 일견하기에도 사연이 많아 보인다고 할 수 있다. 이추수
는 마중옥에 대해서도 알고 있고, 구중섭이 중정부란 단체를
기피하는 이유에 대해서도 잘 알고 있다.

칠년전쟁이 종료된 후, 무림은 통합과 덕의 정치를 공약한
무림맹주 송태원의 정책에 따라 일급 전범들을 참수하기보다
구속해서 교화하는 과정을 거치게 하였다. 그래서 기존의 중
정당 무림 감옥이었던, 사금옥을 마중옥으로 확대 개편해 무
림 형벌 기관으로 활용하였다. 현재는 마중옥 초기의 교화 정
책이 변질되어 일급 범죄인들이 우글대는 무림 최악의 감옥
으로 악명을 떨치고 있다.

구중섭이 중정부를 기피하는 이유는, 중정부의 전신이 바
로 동심맹의 중정당이기 때문이다. 현재 중정부의 수장은 수
라판관 마중걸. 구중섭이 중정당의 책임자이던 시절에 직속
부하였는데, 알려지길 구중섭의 등에 칼을 꽂고 중정당의 관
리자로 올라섰다고 한다. 세월이 한참 흘렀지만 그날의 불편
한 감정은 구중섭에게 아직 남아 있다. 그래서 구중섭은 혈지
주 사건으로 장안에 들어와서도 중정부가 있는 무림맹 총단
안으로는 한 걸음도 들어가지 않았다.

"선배의 말은 안 들은 것으로 하겠어요."

이추수는 구중섭의 반응을 잠깐 살피곤 단도직입으로 거절했다. 이런 대답을 예상 못했는지 구중섭이 떨떠름한 얼굴로 이추수를 쳐다봤다.

"혈지주를 잡고 싶으면 선배가 직접 마중옥으로 가세요."

"내 사정을 알고 있지 않느냐? 마중옥으로 가려면 중정부의 조사를 거쳐야 한다. 내 죽으면 죽었지, 그곳에서 다시는 조사를 받지 않는다."

구중섭의 얼굴이 한순간 애원으로 변했다. 이추수는 구중섭의 그런 모습을 쳐다보곤 더욱 냉랭해진 얼굴로 변했다. 진지했던 둘의 대화는 이제 평소에 티격태격했던 선후배의 그것으로 돌아간다.

"그건 선배의 사정이고. 난, 여자란 말이에요. 수년 동안 암컷을 굶은 발정 난 짐승들이 우글대는 곳으로 나를 보내 뭘 어쩌겠다는 거예요?"

"여자란 걸 누가 몰라. 너 어릴 때 내가 직접 목욕까지 시켰는데…… 네 왼쪽 엉덩이의 반점도 아직 선명히 기억하고……."

"선배! 지금 그걸 말이라고!"

이추수가 붉어진 안색으로 벌떡 일어났다.

"난 아직 시집도 안 갔단 말이에요!"

"정확히 말하자면 안 간 게 아니라 못 간 거지……."

"흥! 악질! 정말 악질 선배야!"

이추수는 구중섭을 매섭게 노려보곤 뒤돌아 객잔을 빠져나갔다. 사제지간에서 선후배로 돌아간 둘의 대화는 그렇게 끝이 났다. 사안의 끝을 맺지 못했지만 남은 이도 떠나는 이도 이 결과에 대해서는 잘 알고 있었다. 이추수는 구중섭의 요구를 거부할 수 없었다.

*　　　*　　　*

"흥! 스승도 아니고 선배도 아냐. 더러워서 내일이라도 당장 이 생활을 때려치우고 만다!"

이추수는 투덜대며 숙소로 돌아왔다. 이대로라면 찝찝한 심정에 아침까지 잠을 자지 못할 것 같은데 다행히도 숙소에는 그녀의 심정을 맑게 해주는 대상이 도착해 있었다.

"어, 우리 예쁜이가 벌써 돌아왔네?"

전서를 매단 유월이 창가에 앉아 있었다. 이추수를 본 유월이 반가운 날갯짓을 하며 그녀에게 날아들었다. 유월이를 손에 안은 그녀는 모이를 탁자에 뿌려주곤 전서부터 풀어냈다.

어떤 글이 적혀 있을까.

기대심에 가슴이 괜히 두근댄다.

그렇군요.

결국 난 대안탑에 나가지 못했군요.

당신을 만나지 못해서 아쉽긴 한데 그렇다고 추수 님이 심각하게 걱정을 하실 필요까지는 없습니다. 당신과의 약속을 지키지 못한 사정이 내게 있을 겁니다. 그것을 찾는 것은 이제 꼐 몫이 되겠지요.

그리고 한 번 더 만나자고 하셨는데 지금 당장은 그렇게 해볼 생각이 없습니다. 생각을 정리할 시간이 내게 좀 필요해요. 그때까지는 우리의 만남을 뒤로 미루도록 하지요.

참, 당신과의 약속을 내가 잊어먹었을 리는 없을 겁니다. 혹시 몰라 편지를 보낸 후, 왼손 팔목에 '태화 팔 년 구월 이십 일'이라고 칼자국을 새겼습니다.

아무튼 십오 년의 세월은 내게 문제가 되지 않습니다. 중요한 것은 당신을 남과 다르게 생각하는 나의 마음입니다. 흉터가 문신이 되어 남아 있는 한 나는 그 약속을 목숨보다 소중히 여길 겁니다.

세월 저편에서 당신과의 만남을 항상 그리워하는 담사연이 올립니다.

이추수는 담사연의 편지를 읽고 또 읽었다. 읽는 중간에도 가슴이 계속 두근댔다. 특히 이번 편지에 남긴 문장 서너 줄이 그녀의 가슴을 상당히 들뜨게 했다.

―중요한 것은 당신을 남다르게 생각하는 나의 마음입니다.

―세월 저편에서 당신과의 만남을 항상 그리워하는 담사연이 올립니다.

"어쩌면 이렇게 내 맘에 쏙 들게 글을 잘 쓸까? 이 사람, 혹시 연애 전문가 아냐?"

이추수는 이제 유쾌해진 심정으로 탁자에 앉았다.

전서의 답장을 보내는 일은 지금의 그녀에게 다른 어떤 것보다 우선이었다.

사연 님의 뜻을 잘 알겠어요.

아쉽긴 하지만 저 역시 당신과의 만남을 후일로 미루어 놓도록 하겠어요.

당신도 그때까진 항상 신변을 조심하세요. 당신에게 나쁜 일이 생긴다면 난 아마 울어버릴지도 몰라요.

참, 저도 내일부터 상당히 바빠질 것 같아요. 악질 선배 포교가 사건 수사를 핑계로 나를 발정 난 수컷들이 우글대는 감옥으로 내보내려고 해요. 상관의 명이라 안 갈 수는 없는데 걱정이 이만저만 아니에요.

그래서 말인데요.

혹시 사납고 거친 놈들을 단번에 제압할 수 있는 특별한 말이 없을까요?

사연 님은 신강의 전장에서 오래 활동했으니 남자들의 그런 거친 말들을 많이 알고 계실 것 아니에요. 뭐, 여자가 듣기 거북한 상스러운 욕설도 괜찮아요. 알고 계시면 하나 추천해 주세요.

내일, 늑대들에게 잡아먹힐지도 모르는 가련한 이추수가 편지를 보냅니다.


전서 작성을 마친 이추수는 곧바로 유월이의 다리에 전서를 매달고 창가로 다가섰다.

유월이 밤하늘로 날아올랐다.

이추수는 유월이의 밤하늘 비행경로를 눈으로 뒤쫓았다. 유월의 모습은 곧 사라졌지만 그녀는 밤하늘을 올려다보는 자세를 한동안 유지했다.

찬란한 별빛 저편에 한 사람의 모습이 그려지고 있다.

그녀는 그 모습을 손으로 더듬어보며 나직이 중얼댔다.

"겨우 열다섯 살 차이인데 삼촌과 조카 관계는 싫어."


밤이 지고 새날이 밝았다.

잠에서 깨어난 이추수는 제일 먼저 창문가로 눈을 돌렸다.

유월이 청량한 울음으로 그녀에게 인사를 보내고 있었다.

그녀의 눈앞으로 유월이 날아들었다.

그녀는 유월이의 다리에서 전서를 풀어내어 읽어봤다.


하하하!

발정 난 수컷들이 우글대는 감옥으로 추수 님이 가야 한다니……

이거 정말 야단났군요.

사나운 놈들을 단번에 제압할 수 있는 특별한 말이라……

떠오르는 말이 한 가지 있긴 합니다.

다만 험한 놈들이 워낙에 많은 세상이라서 먹혀들지는 잘 모르겠습니다.

내일, 늑대 소굴에서 그런 놈들을 대면하면 쫄지 말고 이렇게 말하십시오.

—눈깔아, 새끼야! 눈알 파버리기 전에!

**3장**

마중옥(魔衆獄)

　이추수는 정오 무렵에 무림맹 총단의 중정부로 향했다. 구중섭은 무림맹 정문 앞까지만 동행했는데 그녀의 마중옥 방문에 관한 사안을 사전에 전부 조치해 두었다고 주장하며 그녀에게 소적벽에 관한 문서를 건네주었다. 기밀문서이니 반드시 중정부 안에서 보아야 한다는 말도 덧붙였다.

　미심쩍은 구석이 있긴 하지만 이추수는 일단 그 말을 믿고 중정부 조사실로 향했다.

　중정부에서 신변 조사를 받기 전, 그녀 홀로 조사실에 대기하는 시간이 잠깐 있었다. 그녀는 그 시간에 구중섭이 건네준 문서를 꺼내 읽어봤다.

　〈중정당 마중옥 사십사옥 수감 죄수〉
　분류: 특급.
　이름: 삼주혈마 소적벽.
　죄명: 살인 및 폭행.
　형기: 무기한.
　주의: 상기자는 무림 활동 기간 중에 최소 삼백오십 명 이상을 죽
인 최대의 살인마로서 접견 시에는 반드시 상기자의 철저한 인신 구
속을 요함. 아울러 접견자는 인신 구속 상태에서도 상기자의 세 걸음
안쪽으로는 절대로 접근을 금함. 상기자는 무공이 금제된 마중옥 수
형 생활에서도 열다섯 명의 죄수를 이빨로 물어 죽였다고 알려져 있
음.

　"삼, 삼백오십 명? 오, 맙소사!"
　이추수는 문서를 읽어보던 중에 입을 딱 벌렸다. 아홉 명을
죽인 연쇄살인범에 대해 조사를 하고자 삼백오십 명을 죽인
살인마를 찾아왔다. 이건 강도를 피하려고 하다가 불구덩이
속에 뛰어든 것과 다름없었다.
　"소적벽이 이런 흉악범이었어? 미치겠군! 대체 나보고 뭘
어쩌라는 거야."

혈마에 관한 조사를 사전에 해보지 않았다는 후회는 이미 늦다. 혈마와의 접견은 이미 진행됐고, 그녀를 지옥으로 보낸 원수 같은 인간은 주변에 없다. 그녀는 분하고 억울한 심정으로 문서의 나머지를 읽었다.

〈혈마와의 접견 시, 요마에 대해 물어볼 사안〉

일: 십주요마의 인상착의

이: 십주요마의 버릇이나 약점.

삼: 십주요마의 금제 내용.

사: 십주요마의 범죄 행각 유형.

주의: 네 번째 사안은 반드시 알아내야 할 것임. 연쇄살인범들은 범행을 함에 자신만의 특별한 범죄 유형을 간직하고 있음. 요마의 범죄 유형이 무엇인지 그것을 알아내는 것이 이번 접견의 실제 이유임.

〈혈마와의 접견에서 소기의 성과를 거둘 경우의 포상〉

이 포교가 일전에 원했던 천문 특급의 기밀문서, 용마총의 기록을 열람하게 해주겠음!

〈스승이자 포교 선배로서 이 포교에게 남기는 말〉

추수야, 부디 살아서 돌아와라!

"씨, 고약한 영감탱이! 병 주고 약 주네! 기다려, 내 복수를 하기 위해서라도 반드시 살아서 돌아간다!"

이추수는 씩씩대며 문서를 찢어냈다. 속았다는 것에 감정이 상했지만 그냥 돌아갈 생각은 전혀 없었다. 혈마와의 접견을 성공적으로 이루어내면 용마총의 기록을 열람할 수 있게 해준다고 했다. 무림의 기록에서 완전히 사라진 담사연의 행적은 용마총에서 일어난 사건과 관련이 있다고 추정된다. 그것에 대해 알아볼 수 있다면 그녀는 어떤 위험도 감수할 각오가 되어 있다.

조사실 대기 한 식경이 흘렀다.

발걸음 소리가 들리는가 싶더니 조사실의 문이 열리며 눈매가 날카로운 삼십 대 초반의 남자가 안으로 들어왔다. 일견하기에도 아주 깐깐한 성격의 소유자 같았다.

"오래 기다리게 해서 미안합니다. 본인은 중정부 삼호 실장 오정갈이라고 합니다."

이추수는 조사실 탁자에 앉은 채로 오정갈에게 목례를 해 보였다. 오정갈이 이추수의 맞은편으로 다가와 이추수의 전신을 예리한 시선으로 훑어봤다.

"포교라고 하셨는데, 피차 같은 밥을 먹고 있는 처지이니 되도록 짧게 조사를 끝내겠습니다. 중정부 조사에 성의 있게 답해 주시기 바랍니다."

"그러죠."

이추수의 수락에 오정갈이 맞은편 자리에 앉았다. 그리고 들고 왔던 서류 뭉치를 탁자에 펼쳐놓고 곧바로 질의에 들어갔다.

"이름을 말해 주십시오."

"이추수."

"나이는?"

"스물넷."

"거주지와 현재 직업은 어떻게 됩니까?"

"직업은 무림맹 악양지부 순찰포교. 거주지는 악양 포청의 관사."

오정갈이 이추수를 힐끔 쳐다봤다. 단답형으로 답하는 이추수의 태도가 마음에 들지 않는다.

"중정부 방문 이유는 뭐지요?"

"마중옥 죄수 면담."

"대상자는 누구입니까?"

"삼주혈마 소적벽."

"면담의 목적은?"

"혈지주 사건의 참고인 조사."

"구체적으로 대답해 주세요."

"기밀이라 답할 수 없음."

"⋯⋯."

오정갈이 서류를 작성하다 말고 짜증난 기색으로 붓을 내려놓았다.

"지금 뭐하자는 겁니까? 조사에 성의 있게 답하기로 하셨잖습니까?"

"내게 왜 화를 내시는 거죠? 난 지금 엄청 성의 있게 답하고 있는 거예요."

"으음."

여자라고 해서 만만히 여길 대상이 아니다. 오정갈이 눈살을 찌푸리곤 다시 질의를 시작했다.

"마중옥 사십사옥 수형자는 특급 관리 대상입니다. 황문특급 이상의 신분 보장이 아니면 면회가 원천적으로 불가능한데 당신의 면회 보증을 누가 했지요?"

"무림맹 악양지부장 곽공. 곽공 지부장이 이번 사안에 대해 중정부에 전문을 보냈다고 알고 있음."

"면회자의 사문은?"

"없음."

"주력 무기는?"

"요대."

"허리띠? 하면 그 무공 수준은?"

그녀가 처음으로 반문했다.

"그런 것도 밝혀야 하나요?"

"물론입니다. 기본적인 방어 능력을 소유해야만 사십사옥의 수형자와 대면할 수 있습니다. 자, 다시 묻겠습니다. 무공 수준은?"

"순한 양일 때는 이급. 불여우일 때는 일급. 열 받은 고양이로 변할 때는 일급 그 이상."

"뭡니까, 그거? 이급이란 말입니까, 일급이란 뜻입니까?"

"편하신 대로 생각하세요. 확실한 건 대상이 누구이든 방어 능력 정도는 내가 소유하고 있다는 거죠."

이런 식으로는 정상적인 조사가 안 된다.

오정갈은 탁자에 놓인 서류를 한쪽 공간으로 치워 놓고, 소매 속에서 별도의 기록지 한 장을 꺼내보며 물었다.

"사문이 없다고 답하셨는데 당신의 요대, 귀검대는 즙포왕 구중섭의 무림병기 중 하나입니다. 조사에 의하면 즙포왕은 당신을 어린 시절부터 거두어 포교로 키웠다고 알고 있습니다. 즙포왕이 당신의 스승 아닌가요?"

"!"

이번엔 이추수가 오정갈을 힐끗 노려봤다. 신변 조사가 왜 취조처럼 진행되었는지 이유를 이제야 알 것 같다. 구중섭과 관련된 사안이 이번 조사의 주목적이다.

"스승이든 선배이든, 나는 뭐 상관없으니 오 실장께서 알아서 작성하세요."

"알겠습니다. 그건 제가 임의대로 적도록 하지요. 하면 이번 마중옥 방문에서 왜 즙포왕이 직접 오지 않았죠?"

"범인만 잡으면 되지, 누가 오든 무슨 상관인가요?"

"악양지부장이 파견한 혈지주 전담 수사관은 즙포왕으로 알고 있습니다. 즙포왕이 마중옥 방문을 기피한 다른 이유가 있습니까?"

"이보세요. 기피하다니요? 사정이 있기에 내가 대신 온 거예요. 별것도 아닌 걸로 트집 잡지 말고 조사할 게 없으면 그만 끝내도록 하죠."

오정갈은 이추수의 날선 반응에 개의치 않고 말을 이었다.

"우리 중정부는 즙포왕이 장안으로 온 이후, 혈지주 사건의 공조 수사 차원에서 수차에 걸쳐 총단으로 들어오라고 전문을 보냈습니다. 즙포왕은 그 명에 일절 응하지 않았는데 이건 우리 중정부 수사에 큰 혼선을 끼치게 되는 일입니다. 우리는 현재 즙포왕을 일급 수사 방해죄로 체포를 고려하고 있습니다."

"체포? 하! 아주 멋대로야!"

이추수가 자리를 박차고 일어났다.

"그분을 잡아서 취조를 하든 감옥에 가두든, 당신들 마음대로 하세요. 난 더는 답할 말이 없으니 마중옥으로 가겠어요."

"앉으십시오. 아직 조사가 안 끝났습니다."

"홍! 내가 끝났다고 하면 당신이 뭘 어떻게 할 건데?"

이추수는 날선 눈으로 오정갈을 노려봤다. 중정부에 들어와서 조사를 받게 되면 대다수는 주눅이 든다. 그런데 이추수는 그런 모습이 전혀 없다. 두 가지 경우다. 중정부의 역사에 대해 모르는 인간이거나 개인 무력에 자신을 가질 경우다.

오정갈이 생각 끝에 굳은 표정을 풀며 자리에서 일어났다.

"알겠습니다. 기본적인 확인 과정은 끝났으니 이 정도에서 신변 조사를 마치도록 하겠습니다. 끝으로 무림맹 규정에 의해 마중옥 방문자는 신체 검사를 해야 합니다. 이 포교께서는 저쪽 벽으로 가서 옷을 벗어주시기 바랍니다."

이추수는 조사실 벽면에 서서 겉옷의 단추를 풀며 물었다.

"얼마만큼 벗어야 하죠?"

"전부 다."

"전부? 속옷까지?"

"네, 마중옥 방문자는 바늘 하나라도 신체에 소유해선 안 됩니다. 워낙에 악종들이라 바늘 하나만으로도 얼마든지 살인을 저지를 놈들이니까요."

신체 검사의 뜻은 알아들었다. 문제는 오정갈이 눈앞에 있다는 거다.

이추수의 찜찜한 눈빛에 오정갈이 피식 웃곤, 손뼉을 쳤다. 그러자 여성 검사관이 조사실의 문을 열고 안으로 들어왔다. 여성 검사관과 교대되어 조사실의 문을 나가던 오정갈이 문득 이추수를 돌아봤다.

"뭐, 괜찮으시다면 신속한 검사 진행을 위해 내가 직접 참관할 수도 있습니다."

"응?"

이추수가 옷고름을 풀다 말고 오정갈을 획 째려봤다. 고분고분해 주었더니 아주 사람을 가지고 놀려고 한다. 그녀는 벗은 겉옷을 오정갈의 얼굴에 내던지며 소리쳤다.

"당장 나가! 이 변태야!"

*       *       *

마중옥은 무림맹 중정부 건물의 지하에 위치해 있다. 지하 삼 층의 구조인데 지하로 내려갈수록 죄질이 나쁜 중범죄인이 간혀 있다.

이추수는 마중옥에 들어와서도 번잡스런 검사 과정을 거쳐야 했다. 특히 지하 삼 층으로 내려가는 철문 앞에서는 신체 검사를 한 번 더 받기까지 했다. 끔찍한 일이라면 이곳엔 여자 검사관은커녕 여자 자체가 전혀 없다는 것이다. 비록 옷을 입은 채로 몸을 더듬는 과정이었지만 그 자체로 그녀가 수치심을 느끼기엔 충분했다.

모든 검사가 끝난 후, 일단의 중무장 간수들이 그녀의 전후좌우에 둘러섰다. 오정갈도 이 무렵, 이번 면회의 최종 관리자로서 합류했다.

오정갈이 말했다.

"우리는 마중옥 지하 삼 층을 아귀굴로 부릅니다. 인간 같지 않은 놈들이 버글대는 곳이니 이 포교는 한순간도 경계를 풀어서는 안 됩니다."

이추수가 물었다.

"나 혼자 들어가는 것이 아닌가요?"

"송장이 되어 나오고 싶습니까? 아귀굴로는 간수들도 혼자 들어가지 않습니다."

"죄수들은 철창 감옥에 갇혀 있잖아요?"

"기본적으로는 그렇습니다. 허나 말씀 드렸듯이 악질 중에서도 최악질들을 가두어 놓은 곳입니다. 철제 창살 정도를 뚫어내는 것은 그놈들에게 일도 아닙니다. 간수들이 관리가 안 되는 새벽 시간에는 놈들이 철창 밖으로 나와 활동하고 있습니다. 아귀굴 안에서 살인 사건이 심심치 않게 일어나는 이유도 그 때문입니다."

설명만으로도 아귀굴의 살벌한 분위기가 체감된다.

이추수는 쫄리는 심정을 애써 감추곤 철문으로 돌아섰다.

"자, 그만 들어가죠. 암만 그래 봐야 죄수들인데 우리가 먼저 주눅 들어서는 안 되죠."

오정갈과 간수들이 이추수를 멍히 쳐다봤다. 여인으로서 여기까지 온 것만 해도 대담한데 한 술 더 떠서 먼저 나서고 있다. 단언컨대 이렇게 간덩이 분 여자 면회자는 이제까지 없었다.

"철문을 열어라."

오정갈이 이추수의 뒤에 따라 붙으며 명했다. 그러자 간수들이 지하 감옥의 육중한 철문을 조심스럽게 열었다. 철문 안에는 또 다른 이중 철문이 있었다. 그것까지 열자 피 냄새가 섞인 지하의 음습한 냄새가 코끝으로 확 스며들었다.

"가자! 아귀굴로!"

간수들이 이추수를 호위하며 아귀굴로 들어섰다. 아귀굴의 음습한 지하 통로 양쪽에는 철창감옥이 길게 배치되어 있다. 반응은 바로 나타난다. 이추수의 모습이 확인되자 죄수들이 일제히 철창 앞으로 나와 감옥이 무너질 듯 괴성을 질렀다.

"우우우!"

"여자! 여자다!"

쿠릉! 쿠르릉! 쿠르르릉!

죄수들이 쇠창살을 잡고 집단적으로 흔들어댔다. 개중에 몇몇은 철창을 당장 뛰쳐나올 듯 광분하는 모습을 보였다. 분위기가 심상치 않자 오정갈이 검을 빼 들어 주변의 철창을 강하게 내리쳤다.

"모두 동작 그만! 철창 밖으로 나오거나 간수에게 항명하는 놈들은 맹주님의 명으로 즉결 처리한다!"

"!"

무림맹주가 거론되었음에도 아귀굴의 소란은 진정되지 않았다. 냉소 어린 침묵이 잠시 휘돈다 싶더니 어디선가 킥킥거리는 음성이 들려왔다.

"그래, 죽여. 차라리 우릴 죽여줘!"

"키키, 저년을 품고 죽을 수만 있다면 염라대왕의 벌도 두렵지 않아!"

집단적인 소란이 다시 이어졌다. 이전보다 더 요란스럽고 발작적이었다. 그런 와중에 쇳소리 마찰음이 들려오더니 몇몇 죄수가 철창을 빠져나왔다. 통상적으로 한 달에 한 번씩 철창의 잠금 장치를 교체하지만 죄수들은 늘 이렇게 철창의 잠금 장치를 풀고 나온다.

"막앗! 불복하는 놈은 죽여!"

오정갈이 현재의 상황을 보곤 단호히 지시했다. 이에 간수들이 감옥을 탈출한 죄수들을 향해 칼을 휘둘렀다. 진압을 목적으로 하는 초식이 아닌 대상의 육질을 자르는 살초다. 죄수들의 피가 감옥 통로에 흥건히 뿌려진다. 즉결 처분의 효력은 없다. 피를 보았기에 오히려 더 큰 반발만 불러온다.

"크크크, 그래. 이 기회에 피 맛도 같이 보자!"

철장 감옥 전체에서 쇳소리 마찰음이 들려왔다. 그것에 뒤이어 죄수들이 와르르 철창을 빠져나왔다.

최악의 상황 발생이다.

오정갈이 비상 호갈을 꺼내 입에 물었다.

삐이익! 삐이익! 삐이익!

호갈 소리가 울리자 중무장한 전투무인들이 아귀굴로 새까맣게 쏟아져 들어왔다. 죄수들을 진압함에 경고 같은 것은 없었다. 갑주무인들은 철창을 나온 죄수들을 인정사정없이 무자비하게 진압했다.

학살에 가까운 진압 과정 속에서 죄수들이 감옥 안으로 다시 쫓겨 들어갔다. 상황이 그렇게 진정되자 갑주무인들은 감옥 통로에 일렬로 늘어서서 죄수들의 철창 탈출을 원천적으로 막았다.

아귀굴의 중앙 통로에는 이제 이추수와 원래의 간부들만 남았다. 오정갈이 이추수의 옆으로 바짝 다가와서 물었다.

"이 포교, 몸은 괜찮습니까?"

"나야 뭐, 저분들이 보호해 준 덕분에⋯⋯."

그녀는 긴장감을 떨치지 못한 음성으로 대답했다. 그러면서 갑옷 무인들을 슬쩍 돌아보곤 물었다.

"참, 그 말 진짜인가요?"

"뭐요?"

"맹주님이 즉결을 명하셨다는 거."

"그렇습니다. 그 때문에 맹주님 직속의 충렬검대가 아귀굴로 출동했습니다."

충렬검대는 무림맹의 일급 위기 상황에서만 동원되는 대전투 정예병이다. 이추수 입장에서 고무적인 병력 지원이기는 한데 의문스런 점이 있었다. 무림맹주 송태원은 강압보다 덕으로 정치를 하는 사람이었다. 방문 수사에 불과한 포청의 일 처리에 직접 나선 것도 의문스럽고 이렇게 피를 뿌리는 즉결처분을 명한 것도 납득이 잘 되지 않았다.

"맹주님이 왜 이번 일에 직접 관여하시는 거죠?"

"한 시진 전, 혈지주에게 당한 여덟 번째 희생자의 정체가 밝혀졌습니다."

"누구죠?"

"이름은 송시원. 맹주님의 막내 따님입니다. 그간 공식적인 자리에 일절 출현을 하지 않았기에 아무도 그 얼굴을 몰랐지요."

"맙소사!"

희생자가 맹주의 딸이다. 충렬검대가 동원된 현 상황이 이제 이해가 된다.

"조금 전, 맹주님이 모처에서 줍포왕을 직접 만났습니다. 그 자리에서 맹주님은 혈지주 사건 수사에 어떤 성역도 두지 말라 하셨고 아울러서 이 포교의 조사에 적극 협조하라고 명하셨습니다."

"휴."

이추수는 부담스런 숨결을 흘려냈다. 혈지주 사건은 이제 무림맹의 조직이 몽땅 움직이는 대사건으로 확장되었다고 할 수 있다.

"사십사옥으로 가시죠. 이 포교의 신변은 우리가 보호할 테니 안심하십시오."

사십사옥은 아귀굴의 가장 구석진 곳에 있었다. 그녀가 그곳까지 걸어가는 동안 죄수들이 다시금 준동했다. 충렬검대가 철창을 막고 있기에 이번에는 주로 입으로만 지껄였다.

"저년, 가슴 봐라. 물이 올라 탱실탱실 하네!"

"우우! 저 엉덩이 한 번 찔러봤으면 소원이 없겠다!"

안으로 걸어갈수록 음담패설이 심해졌다.

그녀는 수치스런 감정이 우선이라서 그냥 고개를 숙이고 걸었다.

"얼굴 들어, 쌍년아! 이 오라버니가 평생 동안 널 기억해서 수음의 대상으로 삼아줄 테니!"

이추수의 걸음이 문득 멈췄다. 그녀는 죄수들과 무인들의 주목된 눈길 속에서 조금 전 수음이란 말을 지껄인 죄수의 감옥 앞으로 다가갔다.

철창 앞에 선 이추수는 죄수를 정면으로 쳐다보며 말했다.

"오라버니가 저를 보고 싶다고 하셨나요?"

"으응?"

"그럼 이리 오세요."

죄수가 그녀를 향해 주춤주춤 다가왔다.

"더, 좀 더 가까이."

철창을 사이에 두고 그녀와 죄수가 마주섰다.

"어떤가요? 이 정도면 수음의 표적이 될 만한가요?"

죄수가 누런 이를 씩 드러냈다.

"킬킬, 넘쳐. 아주 죽여줘."

"그래요? 그럼 조금 더 다가오세요. 오라버니의 기억에 평생 남을 말을 해줄 테니."

"정말?"

죄수가 반색하며 그녀의 눈앞으로 얼굴을 바짝 내밀었다.

철창 사이로 서로의 코가 거의 붙을 시점, 그녀가 새파랗게 눈을 치켜떴다.

"눈깔아, 새끼야! 눈알 파버리기 전에!"

"……."

잠자다가 폭탄 맞은 것처럼 죄수가 멍한 얼굴로 그녀를 쳐다봤다.

그녀의 음성과 눈빛. 장난이 아니다. 특히 새파란 안광이 휘도는 그녀의 눈빛은 죄수의 뇌리를 단박에 관통할 정도로 섬뜩하다.

"별것도 아닌 놈들이 주접을 떨고 있어……."

이추수가 중얼대며 통로로 돌아섰다. 그녀는 죄수들의 놀림감이 되는 것은 참을 수 있었지만 무림맹의 무인들까지 자신을 안쓰럽게 보는 것은 참을 수가 없었다. 그래서 쫄리는 심정을 감추고 의도적으로 강하게 나갔다. 결과는 대만족이었다. 죄수들과 주변의 무림맹 무인들이 이전과 다른 눈으로 그녀를 쳐다보고 있었다.

'뭐, 사연 님 덕분이지.'

그녀는 무인들의 주목 아래 사십사옥으로 당당히 향했다.

사십사옥 앞에 그녀가 도착했다.

아귀굴의 소란은 이 무렵 거짓말처럼 완전히 중단됐다.

간수들이 그녀보다 먼저 철창 앞으로 나섰다.

"사십사호! 고개를 들고 앞으로 나와! 앞으로 한 식경 동안 우리 이 포교께서 너를 조사할 것이다!"

철장 깊숙한 곳에서 사람의 형체 같은 것이 꿈틀거렸다.

움직임은 그것뿐이었다. 감옥 구석에 위치한 죄수는 앞으로 나오지도 말을 하지도 않았다.

오정갈이 다시 엄하게 말했다.

"사십사호! 한 번 더 명한다! 철창 앞으로 나와서 이 포교의 조사를 받아라! 불응하면 즉시 철창으로 들어가 불응의 죄를 묻겠다!"

감옥 구석에서 말간 눈빛이 번뜩였다. 인간의 감정이 전혀 느껴지지 않는 눈이었다.

잠시 후 감옥 구석에서 낮은 음성이 들려왔다.

"내가 나가면 너흰 모두 죽어."

"……."

죄수의 말에 간수들이 일순간 숨을 죽였다. 오정갈은 자신도 모르게 한 걸음 물러나기까지 했다. 강제 위압이다. 이렇게 되기까지 사십사호 죄수는 그저 한마디 말만 했을 뿐이다.

이추수가 앞으로 나섰다.

"무림맹에서 나온 이 포교입니다. 십주요마에 관해 알아볼 사안이 있어 면담을 요청합니다. 다시 말하지만 이건 범죄 조사가 아닌 참고인 면담입니다."

사십사호 죄수가 침묵의 시선을 이추수에게 던졌다. 아귀굴 전체가 얼어붙는 느낌이었다.

죄수의 저음이 다시 들려왔다.

"대담한 아이로군. 여자의 몸으로 아귀굴로 들어오다니. 돌아가라. 내 너의 용기가 갸륵해 오늘은 특별히 고이 보내주도록 하마."

이추수가 바로 대답했다.

"그냥은 돌아갈 수 없습니다. 당신이 내 면담에 응하지 않는다면 아귀굴의 죄수들에게 큰 화가 닥칠 것입니다."

"카핫! 지금 나를 겁박하는 것이냐! 본좌가 보기에 넌 지금 남 걱정을 할 처지가 아닌 것 같은데!"

죄수의 말과 동시에 중단됐던 아귀굴의 소란이 다시 시작됐다. 이번엔 충렬검대의 진압도 소용없었다. 죄수들은 사교에 집단적으로 홀린 신도처럼 미친 듯이 소란을 피우고 있었다.

"그렇군요. 제가 말실수를 했습니다. 삼주혈마로 명성 드높으신 소적벽 선배님께 이렇게 후배가 정중히 사과를 드립니다."

말과 함께 그녀는 감옥 안을 향해 정중히 포권을 해보였다.

"카핫! 귀여운 아이로다. 나를 선배로 모시다니!"

혈마의 음성과 동시에 아귀굴의 소란이 중단됐다. 방식은 모르지만 혈마가 아귀굴의 전체 죄수들을 조종한다고 봐야 함이다.

"선배님, 저희가 알기로 사중십마는 무림 활동을 할 당시에 요마의 범죄 행위를 강하게 비판했다고 알고 있습니다. 무림인의 명예를 짓밟는 범죄에 정파와 사파가 어디에 있겠습니까. 부디 후배에게 도움을 주시기 바랍니다."

잠깐의 침묵이 지나간 후에 혈마의 음성이 들려왔다.

"철창 안으로 혼자 들어올 자신이 있느냐?"

이추수보다 오정갈이 먼저 나섰다.

"이 포교, 그건 안 됩니다. 생을 장담하지 못합니다."

이추수는 오래 고민하지 않았다.

"알겠습니다. 저 혼자 감옥 안으로 들어가겠습니다."

텅!

철창의 문이 열렸다.

이추수는 오정갈에게 걱정하지 말라는 눈길을 던져주곤 철창 안으로 들어섰다.

혈마가 위치한 구석 벽면까지는 아홉 걸음 정도다.

그녀는 다섯 걸음을 내걷고 멈춰 섰다.

벽면의 짙은 음영 사이로 벽에 등을 기댄 혈마의 모습이 보이고 있었다. 허리까지 내려온 장발. 관리를 하지 않은 눈썹과 수염. 시야가 확보되었음에도 혈마의 얼굴은 여전히 확인되지 않았다.

"왜 멈추느냐. 더 가까이 오라."

"네."

그녀는 혈마의 두 걸음 앞까지 다가섰다.

"거기 앉아 본좌와 눈높이를 맞추어라."

그녀가 제자리에 앉자, 혈마의 말간 눈이 그녀의 미간에 꽂혔다.

"예쁜 눈을 가졌구나."

"칭찬으로 듣겠습니다."

"예전에 너와 같은 눈을 가진 여자아이를 만난 적이 있었지. 그때……."

"그때?"

"그 눈을 도려내서 씹어 먹었지. 절대로 잊을 수 없는 맛이었어."

그녀는 그만 숨이 막혔다.

혈마의 말.

담사연이 가르쳐 준 말은 비교가 안 될 정도로 섬뜩하게 들려오고 있었다.

"아! 넌 안심해라. 그날 이후로 난 눈을 뽑아 먹지 않는다. 잊을 수 없다는 그 맛은 지독하게 맛이 없었다는 뜻이다."

그녀의 입에서 안도의 숨결이 흘러나왔다. 혈마의 말 한마디, 한마디에 지옥을 오가는 심정이었다.

혈마가 말했다.

"더 가까이 올 수 있겠느냐?"

그녀는 떨린 음성으로 물었다.

"왜… 요?"

"너의 냄새를 맡아보고 싶다. 암컷의 육체를 접해본 지 너무 오래되었다."

두렵고 찜찜한 일이지만 거부할 입장이 아니다. 그녀는 혈마와 몸이 붙을 정도로 가까이 다가갔다. 혈마의 긴 머리칼이 그녀의 어깨를 스친다. 그녀는 가늘게 몸을 떨었고, 그 자세에서 혈마가 깊이 숨을 들이켰다.

"흐음…… 좋아. 이거야. 바로 이 냄새였어."

만족의 음성을 혈마가 흘려냈다. 더 심한 요구를 하면 어떻게 할까 그녀가 걱정했지만 다행스럽게도 혈마는 냄새 맡는 행위 이후 벽에 등을 기댄 원래의 자세로 돌아갔다.

그녀는 뒤로 조금 물러나 말했다.

"이제 저의 청을 들어주시겠습니까?"

"무엇을 말이냐?"

"십주요마에 관한 정보가 필요합니다."

"돌아가라. 요마에 대해서 난 아는 것이 없다."

그녀는 쉽게 물러서지 않았다.

"실망입니다. 사중십마의 명예를 간직한 선배님도 한 입으로 두 말하는 분이었습니까?"

"난 약속한 적 없다. 네 용기가 가식이 아닌지 확인을 해보았을 뿐이다."

"하면, 제가 지금 가식으로 선배님을 상대한다고 생각하십니까?"

혈마가 눈매를 좁혀 그녀를 쳐다봤다.

그녀는 그 눈길을 피하지 않았다. 혈마의 말간 눈에 기광이 스쳤다.

"가식은 아니지만 그렇다고 용기도 아니지."

"그럼 뭐죠?"

"만용이지. 죽을 자리와 살 자리를 파악 못하는……."

혈마의 말을 그녀가 끊었다.

"정말 만용이라고 생각하십니까? 선배님을 상대로 증명을 해보이길 원하십니까?"

"……."

혈마가 다시 침묵했다. 혈마는 침묵 중에 그녀의 전신을 예리하게 살펴보고는 입가에 엷은 선을 비쳤다.

"내가 너를 잘못 보았구나. 이제 보니 넌 내게 그런 말을 할 자격이 있구나."

"소녀의 능력을 높이 봐주어서 감사드립니다. 하면 이제 저의 청을 들어주시는 건가요?"

"아니. 변한 것은 없다. 난 요마에 대해서 아는 바가 없다."

허탈한 결과이다. 상대의 거부를 되돌릴 수단이 그녀에게 마땅히 없다. 무력이나 강압은 애초에 통할 위인이 아니다. 그녀가 실망의 심정으로 일어설 때였다.

"허나, 요마를 몰라도 너의 청을 들어줄 수는 있겠지."

반전의 말. 혈마의 말에 그녀는 다시 제자리에 앉았다.

"강호에 요마의 짓거리와 흡사한 범행 수법을 보이는 살인범이 나타났느냐?"

"네. 혈지주 사건이라고 합니다."

"그래서 요마의 범죄 유형에 대해서 알아보고자 나를 찾아왔느냐?"

귀신이다. 자초지종을 말하지 않았음에도 추론만으로 알아내고 있다.

"요마 같은 연쇄살인마는 일종의 고집 같은 독특한 범죄 성질을 가지고 있지. 범죄 유형, 범형이라고 하는데, 그런 놈들을 잡고자 한다면 그 범죄 성질을 알아내는 것이 무엇보다 중요하지."

극과 극은 통한다고 하더니 구중섭과 거의 동일한 주장을 펼친다. 아니, 살인범의 입장에서 다른 살인범의 범형을 추론한다. 어쩌면 구중섭보다 더 정확하게 혈지주의 범형에 다가설지 모른다.

"혈지주가 그동안 몇 건의 범행을 저질렀느냐?"

"현재까지 희생자는 여덟입니다. 예상하길, 앞으로 그 이상의 희생자가 나오리라고 봅니다."

"피해자에 대한 기록을 남겨두었느냐?"

"네."

"그것을 내가 읽어봐도 되겠느냐?"

수사 일지는 외부인에게 함부로 보여서는 안 된다. 이추수는 망설이다가 수사 일지를 혈마에게 넘겼다. 어차피 이 죄수는 종신형이다. 세상 밖으로 나와서 문제될 소지가 없다.

이추수로부터 수사 일지를 건네받은 혈마는 한동안 진중하게 그것을 읽어 내려갔다.

구중섭이 서찰로 전한 사안이 있다. 이추수는 혈마의 정독에 방해되지 않는 한도에서 그 물음을 던졌다.

"요마의 인상착의에 대해 말해줄 수 있습니까?"

혈마는 수사 일지를 읽어보는 자세를 유지한 채 답했다.

"그걸 내가 어찌 알겠느냐. 요마는 하루에 한 번씩 변장을 하는 인간으로 무림에 알려져 있다. 아마 지금쯤이면 요마 자신도 본모습에 대해 혼동을 하고 있을 것이다."

첫 물음 실패. 이추수는 두 번째 물음을 던졌다.

"선배님이 기억하는 요마의 버릇이나 약점이 있습니까?"

"난 요마 같은 놈 따위에게는 관심이 없다."

"이주신마가 요마를 금제했다고 알고 있습니다. 신마는 요마의 무엇을 금제했지요?"

"그건 신마에게 가서 물어봐라."

이제까지의 물음은 전부 실패다. 이추수는 구중섭이 가장 중요하다고 말했던 범형에 대해 물었다.

"요마의 범형에 대해 기억나신 것이 있습니까?"

혈마가 수사 일지를 보던 시선을 그녀에게 돌렸다. 그녀를 바라보는 혈마의 눈빛이 조금 묘했다.

"그것을 알아보기 위해 지금 이것을 보고 있지 않느냐?"

혈마는 그 말과 함께 수사일지를 그녀에게 되돌려주었다.

"알아내신 것이 있습니까?"

"아니. 제법 꼼꼼히 기록을 했다만 이건 알맹이가 빠진 기록이다. 이것만으론 요마의 범형에 대해서 알 수가 없다."

"알맹이?"

"희생자의 사후 과정만 자세히 기록했지, 희생자의 생전 모습에 대해선 제대로 된 정보가 없다. 이유 없는 살인은 없다. 아무리 무작위 연쇄살인이라고 하더라도 거기엔 반드시 인과가 있다. 아귀굴을 나가면 희생자의 생전 생활에 대해서 더 알아봐야 할 것이다."

"아!"

그녀는 수긍의 숨결을 흘려냈다. 피해자 주변 조사에 주력하라는 죄수의 주장이 옳았다. 범인은 완전범죄를 추구해도 피해자 주변은 그렇지 않다. 역대를 돌아봐도 피해자가 남긴 사소한 단서에서 미제 사건이 풀려나간 경우가 제법 된다.

"도움이 못 되어서 미안하구나. 이제 그만 돌아가라. 참고로 말하는데 오늘 이후로는 아귀굴에 들어오지 마라. 이곳은 너 같은 여자가 들어올 곳이 못 된다."

이추수는 미련이 남는 얼굴로 물었다.

"요마에 대해서 알려주고픈 말이 정말 없으십니까?"

"없다."

혈마가 짧게 말하곤 눈을 감았다.

그녀는 일어서서 고개를 숙였다.

"어찌 됐든 선배님의 조언에 감사드립니다. 건강하시기 바랍니다."

혈마는 답하지 않았다. 낮은 숨결만 흘려냈다.

그녀는 철창 앞에서 다시금 뒤를 돌아봤다. 혈마의 형체는 벽면 구석의 음영에 가려져 있었다. 처음 접했던 그 모습과 같지만 지금은 상당히 다르게 그녀의 눈에 들어왔다. 종신형을 받은 흉악범이 아닌, 감옥에 갇혀 삶의 의미를 잃어버린 외로운 인간처럼 느껴지고 있었다.

그녀가 물었다.

"제가 혈지주를 잡을 수 있을까요?"

"노력을 한다면 잡을 수 있다고 본다."

"어떤 노력을 해야 하지요?"

"절에 가서 열심히 불공을 올려라. 그러면 네 정성에 감복한 부처가 해결의 길을 열어줄 것이다."

그녀는 피식 웃었다.

"어떡하죠? 불제자와 저는 앙숙인데요. 예전에 시줏돈을 횡령한 사이비 중들을 검거한 전적이 있는데 그 후로 절에서는 저를 일체 받아주지 않습니다."

"……."

혈마의 답이 없다. 그녀는 돌아서서 철창을 열고 나갔다.

그때 어둠 속에서 혈마의 음성이 다시 들려왔다.

"그냥 갈 생각인 거냐?"

"네?"

"너의 이름 정도는 알려주고 떠나야 하지 않겠느냐."

"아!"

철창 감옥으로 이추수가 돌아섰다.

그녀는 어둠 속 형체를 향해 정중히 포권하며 말했다.

"무림맹 악양지부 소속 순찰포교 이추수라고 합니다."

"……."

*          *          *

오늘은 제가 많이 우울해요.

선배 포교가 나를 믿고 일을 맡겼는데 난 그 기대를 충족시키지 못했어요. 선배는 이번 일이 나의 포교 생활에 큰 경험이 될 거라고 위로해 주었지만 난 마음이 편치 않았어요.

사건 조사를 제대로 못해서 우울했던 건 아니에요. 오늘 일을 진행하면서 난 능력 부족을 절감했어요. 그동안 내가 포교로서 배우고, 습득했던 그 모든 수단이 이번엔 하나도 통하지 않았죠. 솔직히 말하면 조사 대상에게 주눅이 들어 명색이 수사관인 제가 오히려 질질 끌려다니기만 했지요.

휴, 다시 생각해 봐도 한심하고, 무능한 일 처리였어요.

참고인 조사도 제대로 하지 못하는 제가 포교 생활을 계속할 수 있을까요?

그냥, 순진한 남자를 하나 잡아 시집이나 가버릴까요?

사연 님은 어떻게 생각하세요?

이상, 한심한 포교 이추수 올림.

추신.

오늘 참고인 조사로 만난 대상은 아주 묘했어요. 기록에 의하면 그 사람은 삼백 명 이상을 죽인 인간 말종이어야 했는데 막상 직접 대면해 보니 흉악한 살인범이란 느낌이 들지 않았어요. 오히려 비정한 세상에 도태된 외로운 사람이란 생각만 들었어요. 지금 편지를 보내는 이 순간에도 그 사람의 말간 눈동자가 뇌리에서 떠나지 않아요.

마중옥을 나온 이추수는 간단한 보고서만 작성하고 숙소로 곧장 돌아갔다. 구중섭이 숙소로 찾아와 조언을 겸한 위로의 말을 해주었지만 그녀는 자조의 미소만 비칠 뿐 평소처럼 활동적인 성향을 내보이지 못했다.

구중섭이 돌아간 후에도 그녀는 숙소 안에서 내내 우울한 시간을 보냈다. 이런 그녀에게 유일한 소통은 유월이를 통한 담사연과의 만남뿐이었다.

전서를 보낸 후, 그녀는 창가에 기대어 화주를 마셨다. 보통의 경우에는 전서가 되돌아오기까지 잠을 자지만 이번엔 유월이가 되돌아오기까지 줄곧 그렇게 창가 자리를 지켰다.

유월이는 자정 무렵 다시 모습을 보였다. 그녀는 그때도 창가에 외로이 서 있었다.

수 님은 오늘, 여성 신분으로 수컷들이 버글대는 감옥에 들어갔습니다. 그러니 추수 님이 주눅 든 것 같은 심정으로 조사에 임한 것은 어쩔 수가 없는 일입니다.

아닌 말로 발정 난 여성들이 우글대는 감옥에 제가 찾아간다고 하면 전 아마 심장이 쫄려 조사는커녕 눈도 제대로 돌리지 못할 것입니다. 그러니 우울한 기분을 털고 내일부터는 다시 원래의 추수 님 모습으로 돌아가 포교 활동을 하세요. 저는 추수 님이 강호제일의 포교가 될 때까지 항상 응원할 겁니다.

참, 추수 님의 우울한 기분이 풀릴 좋은 소식을 전하겠어요.

내일이면 전 사망탑에서 나가게 됩니다.

그리 되면 이제 저도 답답한 원탑 안이 아닌, 강호 속에서 추수 님에게 전서를 보내고 받을 수 있을 겁니다.

장강의 강변에서 추수 님의 전서를 받고, 황하 강변의 객잔에서 추수 님에게 전서를 보내는 것, 생각만 해도 가슴이 흐뭇해지는 일입니다. 어쩌면 악양에 가볼지도 모르겠습니다. 운이 닿으면 추수 님의 어린 모습을 접하게 되겠지요.

아홉살 먹은 추수 님 모습.

하하!

뭐라고 불러야 할지 심각하게 고민됩니다.

꼬맹이를 만날 생각에 마음이 들뜬 담사연 올림.

"그동안 얼마나 답답했기에⋯⋯."

장강의 강변에서 편지를 보고 황하의 객잔에서 전서를 받는 즐거움. 그녀는 언제든 그럴 자유가 있었기에 그런 점에 대해서 그다지 깊게 생각해 보지 않았다. 하지만 이제 생각해 보니 그 사람이 그동안 사망탑에서 얼마나 외로운 시간을 보냈는지 심정을 알 것 같았다.

"사연 님, 별빛이 무척 밝아요. 내일은 좋은 날이 되겠어요."

편지를 전부 읽은 이추수는 밤하늘을 올려다보며 미소를 머금었다. 우울했던 심정은 전서의 글을 읽고 난 후에 말끔히 사라져 있었다.

이추수는 진지하게 생각해 봤다. 그 사람은 과연 어떤 사람일까? 어떤 존재이기에 그녀를 이리도 편하게 해주는 것일까.

일측명가동(日昃鳴珂動) 화연수호춘(花連繡戶春)
반룡옥대경(盤龍玉臺鏡) 유대화미인(惟待畵眉人)

해질녘 구슬소리 울리고
꽃 잇달아 핀 화려한 집 봄이 한창이어라
용이 서린 옥 화장대에서

눈썹 그려줄 사람만 기다리고 있네.

조내곡(朝來曲) ─왕창령(王昌齡).

**4장**

청부금은 한 냥

사망탑 백 일.

퇴소의 날이다. 담사연은 삼 층으로 내려와 팔검동상의 연무장 중앙에 가부좌를 틀었다.

규정에 의하면 백일조련 후 팔검동상 중에 삼검동상 이상을 격파해야만 사망탑에서 퇴소할 수 있다. 삼검동상을 격파하지 못하면 그땐 백일수련에 다시 도전해야 하고, 그 후에도 삼검동상 격파에 실패한다면 그 자객은 동심맹 전장의 최전선에서 칼받이로 삶을 마쳐야 한다. 조련에 실패해서 자객 스스로 삶을 끝내는 것은 논외이다.

담사연은 동심맹의 지원을 받지 못한 상태에서 백일조련을 채웠다. 사망탑 자객의 다수가 이 기간을 채우지 못한다는 점을 감안하면 현재 성적만으로도 그는 백일조련에서 성과를 보였다고 할 수 있다.

담사연이 연무장에 도착한 지 한 식경 후에 왕위청과 사망탑의 교관들이 삼 층 수련장으로 올라왔다.

교관들은 가부좌를 튼 담사연의 모습을 면밀히 살핀 후에 팔검동상의 좌우로 갈라졌다.

"야랑은 일어나 팔검동상 격파에 임하라."

왕위청의 음성이 들려오자, 담사연은 조용히 일어나 오른손을 왼쪽 요대로 돌렸다. 왼쪽 요대에 검이 걸려 있었는데 발검의 자세는 그것뿐이었다. 더 이상의 움직임도 없고 시선도 아래로 고정되어 있었다.

"……."

교관들은 그런 담사연을 보며 일제히 숨을 죽였다. 사망탑 자객들의 통관 과정을 이제까지 지켜봐 온 교관들이었다. 그들의 눈에 보이는 야랑은 역대의 어떤 사망탑 자객보다 발검 자세의 수준이 높았다.

"!"

바닥을 내려다보던 담사연의 시선이 교관들에게 향했다. 시선의 종착지는 왕위청. 왕위청이 흠칫하던 순간 담사연의 오른손이 횡으로 그어졌다.

팟!

한 줄기 빛이 수련실 공간에 번뜩였다. 교관들은 그것이 검광이라는 것만 파악했을 뿐 나머지는 아무것도 알지 못했다. 하다못해 빛의 출발지와 도착지조차 알 수 없었다.

담사연이 말했다.

"끝났습니다. 내가 다음에 할 일은 뭡니까?"

교관들은 다소 멍한 얼굴로 담사연을 쳐다봤다.

"하실 말이 없다면 숙소로 올라가 옷을 갈아입고 내려오겠습니다."

담사연은 연무장에서 내려와 조련실을 나갔다.

멍한 심정에서 깨어난 교관들은 이제 팔검동상을 살펴보기 시작했다.

예상과 결과는 일치되지 않는다.

팔검동상 중에서 격파된 동상은 셋뿐이다. 나머지 다섯 개의 동상은 원래의 모습 그대로 세워져 있다.

"그것참, 이해가 안 되네. 최소한 오검동상은 격파하리라고 여겼는데……."

"그러게 말이요. 발검의 자세와 출검의 기력으로는 역대 최고였거늘."

왕위청의 심정도 다른 교관들과 차이가 없었다. 그는 혹시

나 잘못 본 것이 아닐까 해서 두 번 세 번 팔검동상을 면밀히 살펴봤다.

"어떡하지요? 삼검동상 격파의 성취라면 윗선의 재가를 받아야 사망탑에서 나갈 수 있는데……."

교관들이 퇴소에 대해 이런저런 말들을 하자 왕위청이 팔검동상의 조사를 중단하고 말했다.

"야랑은 예외요. 삼검동상이 아닌 일검동상을 격파했더라도 그는 이미 퇴소가 예정되어 있소. 맹주님과 천기당주의 명이니 더는 이 사안에 대해서 왈가왈부하지 마시오."

*　　　*　　　*

사 층의 숙소로 올라가자 낯익은 여인, 소유진이 탁자에 앉아 있었다.

"표정이 왜 그래요? 내가 반갑지 않은 모양이네요."

반갑고 말고 할 게 없다. 그는 건조하게 말했다.

"숙소까지 올라온 이유가 뭐야?"

"할 말이 그것밖에 없어요? 난 백 일 동안 당신을 내내 그리워했다고요."

소유진이 진득한 눈빛으로 그를 바라봤다. 그는 무감정한 얼굴로 시선을 돌렸다.

"용건을 말해. 나를 찾아온 이유가 있을 게 아냐."

그녀가 낮게 한숨 쉬며 말했다.

"하긴 우리 사이가 그렇지……. 당신을 찾아온 이유는 두 가지예요. 첫째는 당신의 물건을 되돌려 주고자 왔어요."

"물건?"

그의 반문에 그녀는 묵색의 암기장치를 탁자에 올렸다.

자모총통.

그에게 의미가 아주 깊은 물건이다.

그녀는 자모총통 다음으로 가죽 바랑을 탁자 위에 올렸다.

"당신 물건이에요. 내용물에 손댄 것은 아무것도 없으니 안심해도 돼요."

그는 가죽 바랑을 열어 내용물을 잠시 살펴봤다. 그녀의 말처럼 그가 소유했던 암기들이 그대로 있었다.

"두 번째는 뭐지?"

그의 물음에 답하기 전, 그녀는 묘한 시선으로 그를 건너다봤다.

"난 도무지 이해가 안 돼요. 어떻게 이럴 수가 있죠?"

"뭐가?"

"백일조련을 겪고도 당신은 변한 게 없어요. 눈빛도 그대로고 정신도 멀쩡해요. 백 일 동안 조련을 받은 게 진짜 맞나요? 혹시 지켜보는 사람이 없다고 땡땡이친 거 아닌가요?"

"궁금하면 삼 층으로 내려가서 확인해 봐."

그는 무뚝뚝하게 말하곤 창가로 걸어갔다. 유월이 원탑 안에 없었다. 창 밖에도 유월이의 모습이 보이지 않았다. 이추수에게 날아간 모양인데 남들에게 유월이의 존재를 들키지 않았다는 점에서 다행이란 생각이 들었다.

등 뒤로 소유진의 음성이 들려왔다.

"사망탑에서 백 일을 보내고도 이전과 동일한 모습을 보인 자객은 당신이 유일해요. 뭐, 내 입장에선 솔직히 기뻐할 일이기도 해요."

"왜?"

그녀가 그의 등에 바짝 다가왔다. 다가선 그녀는 그의 귀에 입술을 붙여 속삭이듯 말했다.

"난 우울증에 걸린 검귀와는 같이 밤을 보내고 싶지 않거든요."

"……."

은밀한 말을 전한 그녀는 숙소 문으로 걸어갔다. 그리고 문을 열고 밖으로 나가며 말했다.

"두 번째는 당신과의 약속을 시키기 위해서예요."

"약속?"

"백일조련이 끝나면 동심맹주와 천기당주를 만나게 해준다고 했지요. 오늘 그 만남이 이루어질 거예요."

그는 눈을 빛냈다. 확실히 그런 약속을 한 적이 있다.

"침상에 새 옷을 준비해 두었어요. 그것으로 갈아입고 일층으로 내려오세요."

소유진이 숙소를 나갔다. 그는 침상으로 시선을 돌렸다. 챙이 넓은 방립과 흑의 무복이 그곳에 놓여 있었다. 그는 옷을 갈아입기 전 숙소 안을 잠시 돌아봤다.

외롭고 힘들었던 공간. 그러면서도 그의 인생에서 아주 뜻깊었던 곳. 이제 떠나면 다시는 되돌아올 일이 없을 것이다.


담사연은 짙은 흑의에 방립을 착용한 모습으로 사망탑을 빠져나왔다. 그 모습은 원탑에서 생활했던 모습과 또 달랐다. 사망탑 자객으로서 첫걸음을 걷는 초보 자객이 아닌, 수년 동안 강호에서 암약한 전문 자객처럼 보이고 있었다.

"형식적인 인사는 하고 싶지 않다. 본론으로 바로 들어가자. 이제 난 무엇을 하면 되는가."

소유진이 앞으로 나와 검은 두건을 그에게 내밀었다.

"눈을 가리고 저것을 타세요."

창이 없는 사두마차가 원탑 일 층 앞에 대기해 있었다. 사망탑에 들어올 때 타고 왔던 그 마차이다. 담사연은 머뭇거림 없이 두건으로 눈을 가리고 마차에 올라탔다.

마차는 사망탑의 후문 방면으로 달려갔다. 들어올 때도 정문이 아닌 후문을 통해 들어왔다. 조련에 임할 때부터 퇴소할 때까지 사망탑의 규정을 지키지 않았고 동심맹의 정파 단체에서도 참관인을 보내지 않았다. 이는 곧 그가 무적 신분으로 사망탑의 청부에 임한다는 것을 의미했다.

사망탑에서 나온 마차는 한나절 동안 계속 남쪽으로 달렸다. 밖을 볼 수 없고 눈을 가렸지만 담사연은 정신을 집중해 마차가 움직이는 방향을 기억에 담았다. 청부가 틀어질 경우 지금 향하는 곳으로 그는 되돌아갈 필요가 있었다.

상당한 시간이 흘러간 후 마차가 멈췄다.

"야랑은 나오세요."

소유진의 음성에 그는 마차 밖으로 나왔다.

"두건은 이제 풀어도 돼요."

그는 눈을 가린 두건을 풀었다.

눈앞에 울창한 산으로 둘러싸인 호수가 보이고 있었다.

"배에 오르세요."

호수의 선착장에 나룻배가 정박해 있었다.

사공은 육십 대의 맹인.

일견하기에도 무공의 고수로 여겨진다.

그는 나룻배에 올라 가부좌를 틀었다.

소유진이 뒤따라 배에 오르자 사공이 천천히 노를 저었다.

호수 중앙에 원형의 정자가 만들어져 있었다. 수상에 세워진 정자임에도 그 규모가 상당히 컸다.

"이곳이 어디인지 알려고 하지 마세요. 이곳의 존재를 아는 것만으로도 목이 잘릴 거예요."

그는 소유진을 조용히 건너다봤다. 상대의 입장에서 보면 방립 아래로 그의 눈빛만 번뜩인다고 할 수 있다.

"저곳에 있는 사람들은 당신이 이제껏 만난 사람들과 차원이 달라요. 당신에게 남들 모르는 계획이 있다면 저곳에 들어가서 되도록 말을 조심하고 아울러서 그들을 정면으로 마주 보지 않도록 하세요."

그가 낮은 음성으로 물었다.

"내게 왜 그런 말을 해주지?"

"난, 절반은 당신 편이니까요."

절반의 뜻이 무엇을 말함인지 모른다.

그는 시선을 호수의 정자로 돌렸다. 나룻배는 어느새 정자에 도착해 있었다.

"내리세요."

소유진이 먼저 배에서 내렸다. 그는 정자로 내려서며 사공을 슬쩍 돌아봤다. 맹인은 표정 변화 없이 노를 움직여 호수 건너편으로 배를 몰았다.

선착장에서 정자 중심까지 붉은 주단이 깔려 있었다. 주단을 밟고 정자 안으로 들어섰다. 정자 중앙에는 두 개의 태사의가 놓여 있고, 백발의 장년인과 후덕한 용모의 중년인이 그곳에 각각 앉아 있었다.

담사연은 태사의와 십 보 정도 떨어진 위치에 서서 방립 아래로 두 사람을 건너다봤다.

남색 곤포의 백발 장년인.

동심맹주 검천상인 매불립이다. 화산파 출신으로 일찍부터 검가고수로 명성을 떨쳤고, 후에 장강의 강변에서 일주검마와 이틀에 걸쳐 진검대결을 펼쳤다. 그 대결 이후 매불립은 자타공인 정파 최고의 검객으로 올라섰다.

중년인은 백의를 입었는데 후덕한 풍모와는 다르게 눈빛과 눈매가 예사롭지 않았다. 동심맹에서 맹주 다음의 실세 권력자이자 무림의 제갈공명이라는 천기당주 조순이다.

"동심맹주이십니다. 야랑은 맹주님께 예를 갖추세요."

소유진의 말을 듣고도 담사연은 반응하지 않았다. 동심맹주와 조순을 차갑게 쳐다보는 시선도 유지했다.

"무엄하다. 야랑은 즉시 예를 갖추어라!"

정자의 천장에서 날선 음성이 들려왔다. 음성에 이어서 갑주 착용의 무장 셋이 정자로 내려와 야랑의 주변을 포위했다.

정자 안에 살기가 팽팽히 흐름에도 담사연은 여전히 아무런 반응을 보이지 않았다.

매불립이 이런 그를 가만히 쳐다보다가 손을 저었다.

"탈혼삼검은 물러가라. 야랑은 무림맹 소속이 아니다. 또한 예란 것은 진정성이 없으면 무의미한 것. 야랑의 인사는 후일에 받도록 하겠다."

매불립의 말에 상황은 간단히 정리됐다. 갑주무인들은 원래의 위치로 돌아갔고 소유진은 한 걸음 물러나 바닥에 무릎을 꿇었다.

매불립이 말했다.

"나를 만나고 싶다고 하였더군. 내게 부탁할 말이 있는가?"

담사연은 대답 대신 눈길을 조순에게 돌렸다.

조순이 엷게 웃으며 입을 열었다.

"맹주님보다야 나를 더 만나보고 싶었겠지요. 본인이 바로 천기당주 조순이네. 이번에 자네가 벌인 일 때문에 꽤나 머리가 아팠지."

그는 눈길을 다시 매불립에게 돌렸다. 그러자 조순의 얼굴이 순간적으로 굳었다. 일방적 무시. 담사연은 조순에게 눈인사도 건네지 않았다.

조순이 말을 이었다.

"야랑의 말을 듣기 전에, 이번 청부에서 중요한 사안 몇 가지를 먼저 알려주겠네. 우리는 야랑에게 세 가지의 청부를 할 것이네. 동의하는가?"

담사연은 대답 없이 고개만 살짝 끄덕였다.

세 가지의 청부.

소유진을 통해 이미 전달받은 상태다.

"첫 번째 청부가 성공하면, 풍월관의 식구들을 풀어주겠네. 이 경우 감시는 물론이요, 추적도 하지 않을 것이네."

"……."

"그리고 두 번째 청부가 성공하면 그땐 야랑의 신체 금제를 해제해 주겠네. 청부에 임하지 않고 달아나면 금제에 의해 자네는 석 달을 버티지 못할 것이네."

"!"

담사연은 매불립을 보던 시선을 조순에게 돌렸다.

신체 금제.

그로선 처음 듣는 이야기이다. 능광검 조련 외에 위험스런 작당이 또 있었단 말인가.

"세 번째 청부까지 성공하면 그땐 야랑의 형을 풀어주겠네. 물론 애초의 약속대로 자네의 형은 완치될 것이네."

조순을 바라보는 그의 눈이 매섭게 변했다. 이건 거짓말이다. 형은 완치되지 않는다. 형이 건강한 몸이 되었다면 시공을 건너 이추수와 쾌활림주의 만남이 없었을 것이다.

그가 처음으로 입을 열었다.

"형은 지금 어디에 있지?"

경어를 사용하지 않았다. 조순은 그 점을 인지하고도 여유로운 표정으로 대답했다.

"여기선 답을 얻을 수 없네. 알고 싶으면 청부를 완수하게."

담사연은 더 이상 묻지 않았다. 어차피 칼자루는 조순이 잡고 있었다. 지금으로써는 청부에 주력할 수밖에 없었다.

"내가 해줄 말은 그게 전부네. 자네가 하고픈 말은 무엇인가? 어렵게 생각 말고 말하게. 맹주님께서 전부 들어줄 것이네."

조순의 말이 끝나자 그는 곧장 뒤돌아 소유진의 앞으로 걸어갔다.

"엽전 있어?"

현재의 분위기에 역행하는 말. 소유진이 멀뚱한 눈으로 그를 올려다봤다.

"엽전 가지고 있냐고?"

"얼, 얼마나?"

"한 냥."

소유진이 주머니를 뒤져 동전 하나를 꺼냈다.

엽전 한 냥을 건네받은 그는 다시 뒤돌아 매불립의 정면을 마주보고 섰다.

휙!

그는 엽전을 매불립에게 던졌다.

엽전을 손으로 받은 매불립은 이해가 잘 안 된다는 눈으로 그를 쳐다봤다.

"이건 뭔가?"

"당신의 목숨 값."

"내 목숨?"

그는 잠깐 침묵한 후에 날선 어조로 말했다.

"당신의 청부는 성립됐다. 청부금은 한 냥이며, 기한은 무기한이다. 동심맹이 내게 준 청부에 문제가 발생하면 그 즉시 한 냥짜리 청부가 시작된다."

"……"

근엄했던 매불립의 얼굴이 순간적으로 일그러졌다.

매불립의 표정 변화를 무시하고 담사연은 이번엔 조순을 돌아봤다.

"그래, 나도 한 냥짜리 청부인가?"

조순이 말과 함께 피식 웃었다. 내심은 부글거려도 겉으로는 여유를 보인다고 해야 하리라.

"천만에 당신은 이 청부의 덤이야. 한 냥의 가치도 되지 않아."

담사연의 이어지는 말에 조순의 표정도 돌처럼 굳었다.

경고의 말을 전한 담사연은 인사도 없이 뒤돌아 정자를 빠져나갔다.

정자엔 침묵이 휘돌았다.

조순이 침묵 중에 소유진에게 눈짓을 보냈다. 소유진이 급히 일어나 담사연을 뒤따라갔다.

이윽고 매불립이 먼저 침묵을 깨고 나왔다.

"한 냥이라……. 이거 헛살았군. 동심맹주가 고작 한 냥짜리 청부 인생이라니."

매불립의 말에 조순이 몹시 억울하다는 표정으로 말했다.

"부러운 말씀 하지 마십시오. 난 한 냥도 안 되는 덤의 인생입니다."

"말이 그렇게 되는가. 허허허!"

매불립이 크게 웃었다. 조순도 뒤이어 피식피식 웃었다. 그러던 사이에 담사연은 나룻배에 올라 호수 건너편으로 향했다.

허탈한 심정은 잠깐이다. 매불립이 나룻배의 담사연 모습을 주시하며 말했다.

"사망탑에서 예상 밖의 결과가 나왔다며?"

"네. 등사심법으로 능광검을 수련하고도 이성을 유지하고 있습니다. 사망탑 역사 이래 초유의 일입니다."

"능광검은 성취했는가?"

"삼성의 수준에 머물고 있습니다. 추정하기로 삼성 수준에서 검법수련을 자의적으로 멈춘 것 같습니다."

"그게 가능한가? 가능하다면 아주 영리한 자객이군."

"영리하기보다 위험한 자객이지요."

"왜?"

"무림의 상식이 통하지 않는 존재입니다. 한 번의 결과라면 우연이겠으나 이런 일이 거듭된다면 그건 곧 그만큼 무림인에게 위험한 존재라는 뜻이 됩니다."

"흐음."

매불립이 태사의에서 일어섰다. 앉아 있을 때의 부드러운 분위기와 사뭇 달랐다. 일어선 그는 태산 같은 기도를 발현하고 있었다.

매불립은 호수를 바라보며 말했다.

"이번 일에 나의 외손까지 희생됐네. 대업에는 한 치의 착오도 있어서는 아니 되네."

"물론입니다."

"필요하다면 장안의 동심검대를 동원해도 좋네."

조순이 긴장 어린 기색을 살짝 비쳤다.

장안의 동심검대. 삼천 명의 최정예 검사 조직이다. 이는 대업을 위해서라면 쟁금법을 깨뜨려도 된다는 뜻이다.

조순이 맹주의 등에 포권하며 말했다.

"결전의 날까지 앞으로 칠십팔 일 남았습니다. 그날, 맹주

님은 용문쟁투의 최후 승자로서 무림의 통치자가 되실 겁니
다."

"……."

이 순간 맹주는 말이 없었다. 가볍게 떨리는 등이 표현의
전부였다.

＊　　　＊　　　＊

담사연은 달리는 마차에서 한나절을 꼬박 보내고 하차했
다. 하차한 장소는 오가는 행인으로 길이 혼잡한 도시의 한복
판이었다.

"여긴 태원이에요. 산서성의 성도이죠."

태원에 온 것은 처음이다. 담사연은 낯선 도시를 잠시 돌아
보곤 소유진을 진하게 응시했다. 그를 태원으로 데려온 이유
는 하나뿐일 것이다.

"길게 이야기하지 말자. 청부 대상자가 누구야?"

"빚쟁이 쫓아와요? 뭐가 그리 급해요?"

소유진이 눈을 흘기며 품속에서 밀지를 꺼냈다.

그는 밀지를 빼앗듯 건네받아 펼쳐봤다.

청부대상 : 칠주궁마 육추성.

청부기한 : 삼십 일.

청부주의 : 청부가 실패로 돌아가면 야랑은 즉시 자진할 것. 이 경우 동심맹은 야랑의 존재에 대해 전면 부인할 것임. 만약 자진하지 않으면 동심맹은 살수를 보내 야랑을 즉결 처리할 것임.


무림사에 눈이 어두워도 육추성이란 이름은 들어본 적이 있다. 신강의 전장에서 전우들은 심심치 않게 그 이름을 거론했다.


"육추성은 무림제일의 궁사야!"

"궁마는 백 보 거리의 표적도 어렵지 않게 맞춘다고 하더군."

"우리 조잽이와 궁마가 활로 겨룬다면 누가 이길까? 궁마가 이기겠지?"

"천만에. 아무리 궁마라도 조잽이는 못 이겨. 궁마가 무림제일의 궁사라면 우리 조잽이는 활의 신이야."


대원들이 육추성을 칭송하고자 거론한 것은 아니었다. 대원들에게 궁마는 어디까지나 다른 세상의 존재일 뿐, 대원들이 궁마를 자주 거론한 실제 이유는 당시 신강의 전장에 궁마의 궁술과 비견되는 활의 고수가 있었기 때문이다.

그 사람의 별명은 조잽이. 이름과 나이는 불분명한데 담사연은 그 조잽이와 남다른 관계에 있었기에 대원들이 궁마에 관해 떠들어댔던 여러 이야기를 기억하고 있었다.

"사중십마의 명호에 십주가 붙은 이유는 그들이 대륙의 열 개 도시를 각각 장악하고 있기 때문이에요. 궁마 육추성은 태 원에서……."

"그만."

소유진의 말을 담사연이 끊었다.

"너희는 청부 대상만 말해주면 된다. 그 나머지는 나 스스 로 알아보고 나 스스로 해결한다."

"어찌 그런!"

소유진이 눈살을 찌푸렸다. 단독으로 청부에 임하겠다는 뜻. 동심맹의 관섭도 관리도 받지 않겠다는 거다.

"이차 접선 장소는 한 달 후, 장안의 대안탑이다. 이상."

담사연은 일방적인 말을 남긴 이후 무작정 저자 안으로 걸 어갔다.

"흥, 그게 마음대로 될까."

소유진이 냉소를 날리며 그의 뒤를 따라붙었다.

담사연은 객잔이 즐비한 거리를 지나면서 눈을 좌우로 돌 렸다.

'우측 객잔에 둘, 좌측에 셋. 전면의 난전 상인 중에 둘.'

대충 점검했을 뿐인데도 만만치 않은 숫자의 추적대가 발견된다. 추적대를 달고 청부에 임할 생각은 애초에 없다. 인신 구속은 백 일이면 충분하다. 설령 청부에 실패하더라도 그는 이제 완전한 자유를 원한다.

한순간 그는 인파로 혼잡한 난전 속에 뛰어들었다. 그의 갑작스런 움직임에 일단의 무인들이 거리로 뛰쳐나와 그를 맹렬히 뒤쫓았다.

난전 안으로 들어갈수록 행인들이 바글바글하다. 뛰는 것은커녕 제대로 걷기조차 힘들다. 그는 뒤를 힐끗 돌아봤다. 추적대와 더불어 그 뒤편에 위치한 소유진의 모습까지 눈에 보인다.

'지금!'

이제까지의 움직임은 추적대를 끌어내기 위한 의도적인 행위이다.

그는 몸을 되돌려 곧장 앞으로 달려갔다.

상식적으론 행인들로 인해 경신법 사용이 불가능하다. 그러나 이 순간 그는 좌우로 펼쳐진 신형이 되어 행인들 사이를 요리조리 뚫고 달려갔다. 추적대는 그의 이런 모습을 그저 황당하게 쳐다볼 뿐이었다.

"명심해라, 다음에도 나를 추적한다면 그땐 모두 죽일 것이다!"

추적대의 시야에서 담사연의 모습이 사라졌다. 남은 것은 담사연을 눈앞에서 놓친 허탈한 심정과 귀에서 맴도는 살벌한 경고뿐이다.

추적대의 조장으로 보이는 무인이 소유진에게 물었다.

"어떡할까요? 계속 추적할까요?"

소유진은 고개를 저었다.

"해산해. 망혼보가 발휘됐어. 너희의 능력으로는 추적이 불가능해."

"하면?"

소유진은 담사연이 달려간 방향을 보며 가늘게 웃었다.

"표적이 누구인지 알고 있는데 굳이 고생해서 자객을 찾을 필요가 있을까? 우린 그냥 표적 주변에서 대기만 하고 있으면 돼. 아! 물론 임무를 망각한 자객의 잠수에 대비해 특급의 추적자들은 별도로 불러들여야겠지."

"특급의 추적자라 하시면?"

"그런 무인들이 있어. 자객에게 아주 안 좋은 감정을 가진 자들이지. 이후로는 그들이 우리를 대신해 야랑을 추적하게 될 거야."

소유진의 이 미소.

추적을 확신하는 심정의 표현이다.

＊　　　＊　　　＊

태원의 저자를 빠져나온 담사연은 경신 속도를 줄이지 않고 계속 내달렸다. 목적지는 정하지 않았다. 그 자신도 어디가 어디인지 모를 정도로 정신없이 이곳저곳으로 방향을 틀었다.

'이대로 추적이 끝날 리가 없어. 그들은 청부가 끝날 때까지 나를 사정권 안에 두려고 할 거야. 그들이 나를 추적할 수 있는 조건이라면…….'

무작정 내달린 지 한 시진. 전면에 작은 저수지가 보인다. 그는 저수지 앞에서 경신을 멈추고 옷을 훌훌 벗었다. 그런 다음 벗은 옷을 차가운 물속에 담그고 이어서 자모총통과 칠채궁 등 중요한 무기들만 남겨놓고 가죽 바랑을 통째로 저수지에 내던졌다. 아깝다고 미련을 가질 상황이 아니었다. 추적에 사용되는 어떤 물건이 그 안에 숨겨져 있을 수가 있었다.

'아무것도 믿어서는 안 돼. 무엇을 하든, 무슨 일을 하든 의심하고 또 의심해서 움직여야 돼.'

그는 옷과 방립을 꼼꼼하게 씻어냈다. 강호엔 천리향이란 약품이 있다. 추적에 사용되는 것인데 옷에 그것이 뿌려졌을 수가 있었다. 옷과 방립을 씻겨낸 다음엔 불을 피워 그것을 말렸다. 자모총통과 암기들은 눈과 코로 직접 확인하며 분해해서 닦아내고 다시 조립하는 과정을 거쳤다.

시간이 상당히 흘러 서쪽 하늘이 노을에 물들었다. 원탑 안에서 보던 노을과는 느낌이 사뭇 다르다. 자유로움과 구속된 심정의 차이일 것이다.

그는 노을을 바라보며 앞으로의 일을 생각해 봤다. 청부를 진행하려면 정보가 필요한데 천이적이 감금된 지금 그를 도와줄 사람이 마땅히 없었다. 소유진의 도움은 애초에 생각하지 않았다. 그럴 바엔 차라리 그가 정보원과 살수의 역할을 병행할 것이다.

"아!"

그는 문득 탄성을 흘려냈다. 일몰의 하늘 위로 무언가가 날아오고 있었다.

시공을 건너오는 힘찬 날갯짓.

유월의 출현이었다. 그리고 보면 정보원은 걱정할 필요가 없었다. 그에겐 강호의 어느 누구보다 더 훌륭한 정보원이 있었다.

추수 님에게 긴급한 도움을 청합니다.
칠주궁 마 육추성에 관한 정보가 필요합니다.
사망탑에서 나온 저의 첫 청부가 그자인데 동심맹에서 넘겨주는 정보는 신뢰할 수 없습니다.

저를 도와줄 사람은 오직 추수 님 한 분뿐입니다.

도와주신다면 이 은혜는 훗날, 꼭 갚겠습니다.

추신.

칠주궁마에 관한 정보를 보내줄 때, 친서를 두 개로 나누었으면 합니다.

하나는 궁마에 관한 자세한 기록이고, 다른 하나는 궁마가 만약 죽었다면 그 죽음 과정을 따로 적어 밀봉해서 보내주시기 바랍니다.

밀봉을 하는 이유는 나중에 말씀드리겠습니다.

태원에서 담사연 올림.

　

담사연은 날이 저문 후에 저수지에서 나왔다. 추적대가 없는 것을 확인한 그는 그곳에서 백 리 떨어진 산서의 소도시, 산음으로 잠입했다. 흑의 안에는 소유진이 경비로 남긴 금전이 있었다. 그는 인근의 객잔으로 들어가 밖이 훤히 내다보이는 이 층 방을 하나 잡고 허기를 달랠 음식을 시켰다. 아울러서 객주에게 평범한 청의를 하나 구해달라고 하였다.

개인적으로 흑의복장이 마음에 들긴 하지만, 자객의 일에 나선 이상 남들의 눈을 의식해야 했다. 지금 같은 복장에 무기를 휴대하고 다닌다면 그건 스스로 위험한 놈이라고 알리는 것과 같았다.

'자객은 비무를 하는 무인이 아냐. 표적을 척살하기 전까지 평범한 모습을 유지해야 돼.'

그가 생각하는 자객의 모습은 비단 복장에 관한 것만이 아니었다. 척살 상황에 맞추어 때론 장사꾼으로, 때론 술주정뱅이의 모습으로 철저히 변신할 필요가 있었다.

'오왕을 죽일 때 전제는 요리사로 변장했고 예양은 암살에 나설 때 외형은 물론이요, 목소리마저 완전히 바꾸었어.'

그의 이런 생각은 누가 가르쳐 준 게 아니었다. 전장의 실전 경험을 바탕으로 그 스스로 생각하고 결론 낸 것들이었다. 동심맹에서 그의 추적에 실패한다면 바로 이런 점에서 착오가 있게 될 것이다.

어느덧 자정이 지났다.

유월이 돌아올 시각이 되자 그는 숙소의 창가에 서서 야공을 살펴봤다.

잠시 후 유월이 그가 머문 숙소로 날아왔다.

그의 위치를 어떻게 찾아내고 날아오는지 그저 신기할 따름이다. 기회가 된다면 유월이의 관해서도 조사를 해볼 생각이다.

유월이의 다리에 매달린 전서는 두 가지였다. 그중 하나는 밀봉되어 있었다. 그는 밀봉되지 않은 전서를 펼쳐봤다.

사연 님에게.

사망탑에서 무사히 빠져 나온 것을 축하드려요.

앞으로는 사연 님의 원함대로, 장강의 강변에서 편지를 보내고 황하의 객잔에서 친서를 받는 기쁨을 누리게 되실 거예요.

도움을 청한다고 하셨는데 그렇게 생각하지 마세요.

우린 이제 동업자이자, 한 몸이라고요.

하니, 저에게 청할 일이 있다면 어려움 말고 얼마든지 요구하세요.

칠주궁마 육추성에 관한 정보를 알고 싶다고 하셨죠?

아무래도 우린 전생에 큰 인연이 있었는가 봐요.

마침 제가 사종십마에 대해 조사를 하고 있던 중이었거든요.

제가 조사한 칠주궁마에 관한 정보는 이러해요.


이름: 칠주궁마 육추성

나이: 마흔셋.(사연 님 시대 기준입니다.)

무공 수준: 절정. 대표 무공, 태활천뢰멸시공.

무력 단체: 산서성 태활금. 주력 무인은 태활백궁.

약력: 육추성은 산서성의 무림 명문 산활금 출신으로 스물다섯 살의 나이에 산활금의 조직을 혁파하고 태활금을 세웠음. 검법과 천법에도 나름의 성취를 이루었으나 태활금주에 오른 이후로는 적을 상대함에 대박을 일절 피하고 원거리 타격의 궁술만 사용함. 궁마는 사종천의 십마 회합에 참석하는 일을 제외하고는 태활금 밖으로 거의 나

오지 않고 있는데 태활궁 안에서도 자신의 십 보 안쪽으로는 태활백궁 중 태활십궁만이 다가갈 수 있음. 따라서 육추성이 태활금 안에 있을 경우 음독 척살이나 단거리 저격은 불가능함.

주목 사안: 육추성이 타인의 접근을 불허하는 이유는 저격 암살을 두려워하고 있기 때문임. 육추성은 산활금의 금주였던 백리금사 조주학을 산축금낭에서 몰래 저격 암살하고 궁사지존에 올랐음. 산축금낭은 산활금이 태원의 천룡산에서 주재했던 천하 궁사들의 사냥 잔치인데 그 사건 이후로 육추성은 자신이 저격을 받아 죽는 망령에 시달린다고 함. 현재 산축금낭은 폐지되었음.

그 외 사안: 육추성은 사종십마의 일원으로 태활금의 명성을 강호에 드날렸지만 무림의 궁가에서는 그를 진정한 궁사지존으로 여기지 않고 있음. 여러 가지 사안 중에서 첫째 이유는 산활금의 지존령이자 궁가의 일대 신물인 구채명궁을 그가 소유하지 못했기 때문임. 구채명궁은 용도에 따라 각궁, 대궁, 척궁 등으로 아홉 번의 분리와 조립이 가능한 물건임. 육추성은 구채명궁 중에서 이채궁만 소유하고 있는데 알려지길, 산활금이 무너질 당시 조주학의 아들, 조민이 칠채궁을 들고……

이추수는 궁마에 관한 정보를 세밀하게 적어 보냈다. 훗날의 무림 기록이기에 정보의 신뢰성은 아주 높았다. 담사연은 첫 번째 전서를 일독한 후에 밀봉된 두 번째 전서를 손에 들었다. 전서의 외부에는 이추수의 글이 적혀 있었다.

> 당신의 생사는 아직 확인되지 않았어요.
> 궁마를 상대하다가 죽을 수도 있다는 뜻이에요.
> 난 당신에게 나쁜 일이 생기지 않기를 진심으로 기원합니다.

담사연은 두 번째 전서를 밀봉된 상태로 상의 속에 넣어 두었다. 미래에 대해서 확인할 사안이 있기에 이번 청부가 끝나기 전까지 꺼내 보지 않을 생각이었다.

그는 숙소의 탁자로 돌아와서 첫 번째 전서를 다시 펼쳐 꼼꼼하게 읽었다.

첫 번째 전서에 그가 주목해야 할 사안이 하나 있었다. 우연의 일치일지 모르겠지만 전서에 거론된 산활금의 신물과 그가 소유한 칠채궁의 명칭이 같았다. 칠채궁은 신마교의 무인들이 아닌 아군에게서 습득했는데 그에게는 사연이 아주 남다른 것이었다.

"조잽이……."

만약 우연한 일이 아니라면, 이 청부는 이제 동심맹의 청부이기 이전에 그가 정리해야 할 숙원이 된다고 할 수 있었다.

그는 산활금이란 단체와 칠채궁에 대해 더 알아보고자 이
추수에게 보낼 전서를 작성했다.

**5장**

산활금의 후예

조잽이.

신강의 전장에서 척후대 대원들은 그 사람을 조잽이라고 불렀다. 조잽이의 원래 이름이 무엇인지, 왜 그런 별명이 붙었는지는 아무도 알지 못했다. 조잽이와 같이 신강의 전장에 뛰어든 동기들은 이미 한참 전에 전부 죽어버렸기 때문이다.

질긴 생명력이 말해주듯 조잽이는 척후대에서 상당한 활약을 펼쳤다. 그 어떤 위험한 임무도 마다하지 않았고 상황이 아무리 위급해도 임무를 완수하기 전까진 적진에서 도주하지 않았다.

그렇다고 조잽이가 압도적인 무공을 발휘하거나 뛰어난 전술 능력을 소유한 것은 아니었다. 외형으로만 보면 조잽이는 다른 척후대원들보다 신체 조건이 훨씬 열악했다. 나이도 제법 되었을 뿐만 아니라 왼팔이 손목까지 잘린 외팔이였다. 그런 몸으로 척후대에 선발된 것이 의문스럽게 여겨질 정도였다.

그러나 조잽이는 그런 악조건 상태에서도 척후대 임무를 훌륭히 수행했다. 임무 수행의 근본이 되는 능력은 활쏘기, 조잽이의 독창적인 궁술에 있었다.

한 팔로 활을 쏘기란 매우 힘들다. 하물며 그런 외팔이 상태에서 백발백중의 정확도와 강력까지 겸한다는 것은 거의 불가능하다.

그런데 조잽이는 그것을 가능으로 바꾸었다. 갈고리가 달린 왼팔로 활을 잡고 오른손으로 표적을 조준해서 활을 쏘았다. 백발백중이었다. 이십 장도 넘는 거리의 표적을 맞춘 일도 있었다.

척후대 대원들은 조잽이의 궁술에 감탄해 앞다투어 제자가 되기를 청했다. 하지만 조잽이는 제자는커녕 누구와도 교분을 나누지 않았다. 임무가 없는 날이면 산속으로 들어가 홀로 시간을 보냈고 척후 임무에 나서면 공적인 대화 이외에 사적인 말을 일체 하지 않았다.

조잽이의 생활에 변화가 온 것은 야랑이 그의 척후조에 합류하면서부터였다. 당시 신강의 전장에서 야랑도 명성이 상당했다. 자랑스러운 명성은 아니었다. 야랑과 같이 전장에 투입된 전투조는 십중팔구 전멸됐다. 그래서 밤의 사나이란 뜻의 야랑(夜郎)을 동료의 피를 빨아먹는 밤의 늑대, 야랑(夜狼)이라고 의미를 바꾸어서 불렀다.

조잽이와 야랑이 척후조에 같이 몸담게 되자 대원들은 단독 임무를 즐기는 둘의 성격으로 미루어 조만간에 둘 중 하나가 척후조에서 자진해서 나가리라고 예상했다. 하지만 그 예상은 보기 좋게 빗나갔다. 둘은 이인 일조로 척후조 임무를 마찰 없이 수행했으며 나아가서는 서로를 보좌하며 전투력도 이전보다 훨씬 배가됐다.

대원들은 다른 예상으로 내기를 했다. 조잽이와 야랑. 둘 중에 누가 먼저 죽느냐에 관한 내기였다. 하지만 그 내기도 빗나갔다. 둘은 죽지 않았다. 육 개월을 넘어 일 년, 일 년을 넘어 이 년. 내기를 했던 전우들이 전장의 고혼이 되어버린 후에도 두 사람은 질기도록 살아남았다.

이인 일조로 임무를 수행했던 둘의 생존 기간 동안 조잽이의 생활 방식도 많이 바뀌었다. 조잽이는 언제부터인가 미소를 자주 보였다. 때론 그가 먼저 야랑에게 격려의 말을 건네기도 했다. 조잽이의 이런 변화는 야랑이란 존재 덕분이었다.

야랑은 조잽이를 때론 친구처럼, 때론 스승처럼 진심으로 따랐다. 처음에는 조잽이가 냉정하게 대했지만 죽음의 임무를 여러 번 같이 겪은 이후로 조잽이도 야랑에게만큼은 닫혔던 마음의 문을 열었다.

마음의 문을 연 이후로 조잽이는 야랑에게 활을 가르쳤다. 석궁을 사용하는 법을 주로 가르쳤는데 야랑이 어떤 방식으로 활을 배웠고, 배운 궁술이 어느 정도의 수준인지는 대원들이 제대로 알지 못했다. 다만 확실한 것은 언제부터인가 야랑이 석궁을 들고 저격에 임하면 표적이 된 적은 어김없이 생을 접게 된다는 사실이었다.

전장의 불사신으로 불렸던 조잽이가 죽음을 맞이하게 된 것은 종전을 나흘 앞둔 전투에서였다.

신강대전 최후의 결전이라 불리는 용마산 전투에서 조잽이와 야랑은 신마교의 교주, 신마의 위치를 알고자 적진 깊숙이 침투했다. 그리고 임무 수행 후 탈출 과정에서 후방은 늪지, 전방은 적병이 돌격해 오는 막다른 상황에 처했다.

늪지를 탈출하자면 누군가는 전면의 적과 맞서 싸워야 했다. 그건 곧 둘 중 하나가 죽어야 한다는 뜻과 같았다. 그때 조잽이는 큰 고민 없이 활을 들고 앞으로 나섰다.

"살만큼 산 인생이다. 삶에 미련은 없으니 야랑은 그만 떠나라."

야랑은 조잽이의 결정을 말리지 못했다. 조잽이는 결연함을 넘어서서 숙연해질 정도의 진한 눈빛을 야랑에게 보내고 있었다.

"제게 남길 부탁이 있습니까?"

"없다."

"중원의 가족에게 전할 안부는?"

"없다, 아무도."

이별의 순간은 짧았다. 조잽이는 몰려오는 적병을 향해 활을 쏘아댔고, 야랑은 늪지로 뛰어들어 늪을 힘들게 건너갔다. 야랑이 늪의 중간 지점에 다다랐을 때였다. 조잽이는 활쏘기를 중단하고 야랑을 불렀다.

"야랑, 이것을 가져가라. 칠채궁이다. 너와 나의 연을 잇는 유일한 물건이니 기념으로 간직해라."

조잽이는 그 말과 함께 칠채궁을 야랑에게 던졌다. 전장의 궁사가 손에서 활을 놓으면 그건 곧 죽음이다. 야랑은 안타까운 심정으로 소리쳤다.

"제가 기억할 수 있게 이름이라도 가르쳐 주십시오."

"이름을 알려주면 내 한(恨)도 너에게 전승된다. 나는 내 한이 너의 삶을 속박하는 것이 싫다."

"제발!"

"조잽이. 내 이름은…… 조잽이!"

조잽이는 이름 대신 전장의 별명을 말하며 칼을 빼 들었다. 그리고 회한 어린 고함을 토하며 적진으로 돌격했다. 야랑이 본 조잽이의 마지막 모습이었다.

야랑과 조잽이.

일 년 후, 끊어진 줄 알았던 둘의 인연은 중원의 한 도시에서 다시 이어졌다. 인연의 확인은 조잽이가 기념으로 건네준 바로 그 칠채궁으로 인해서였다.

"당신의 한. 아마도 그건 나의 운명인가 봅니다. 피하지 않겠습니다. 이 야랑이 당신을 대신해 산활금의 한을 갚아 드리겠습니다."

*　　　*　　　*

태활이십칠궁사 육곤은 아침 일찍 태활금의 정문을 나섰다.

오늘은 태원의 난전에서 서역장이 열리는 날이다.

서역장은 한 달에 한 번 열리는데 이날이 되면 천축의 진상품은 물론이오, 구라파의 법국과 덕국, 나아가서는 아불리가의 특산물까지 난전에 깔린다.

태활금의 상급 궁사인 육곤이 난전을 직접 방문하는 것은 태활금주 육추성의 애병 이채궁의 시위를 구하기 위해서다.

근자에 육추성은 아불리가에서 건너온 물소 힘줄을 이채 궁의 시위로 사용해 보곤 그 탄력에 아주 만족함을 표했다. 그래서 육곤은 이번 서역장에서 최상급의 물소 힘줄을 구매하여 육주성에게 조공하려고 한다.

조공으로 육추성의 환심을 받고자 하는 그를 기회주의자라고 욕할 수는 없다. 태활금에서 별 중에 별이라고 칭하는 성궁기사는 태활백궁 중에서 앞 순위의 태활십궁까지이다. 육곤이 육추성의 사촌 동생이지만 그 위치까지 오르자면 혈족의 배경만으로는 부족하다. 궁술 실력과 더불어 육추성의 지지를 받아야 한다. 육곤은 육추성의 신뢰를 얻기 위해서라면 무엇이든지 할 것이고, 무슨 짓이든 할 수 있다.

서역장이 열리는 난전 장소는 태원 북로의 가장자리이다.

난전까지 아직 거리가 남았는데 이미 많은 상인이 저자 양쪽에 자리를 깔고 있다.

"조만간에 시전 정리를 해야겠어. 너무 난잡해."

태원을 장악한 무력단체로서 저자의 상권 관리는 당연히 태활금의 무인들이 한다. 자릿세를 내지 않는 얌체 상인이나 지역의 상권을 흐리는 뜨내기 상인은 물 관리 차원에서 강제로 쫓아낸다.

서역장이 열리는 지금, 육곤의 눈에 불량 상인이 너무나 많이 보인다. 얼치기 상인뿐만이 아니다. 거지, 소매치기 등 난

전의 질서를 어지럽히는 잡놈도 하나둘이 아니다.

"저놈, 어떻게 좀 처리해 봐. 저래 가지고 무슨 시전 관리를 하겠어."

난전 입구에 장발의 취객이 대자로 누워 있다. 얼마나 술을 많이 마셨는지 술 냄새가 사방에 진동한다.

"네!"

육곤을 수행한 태활금의 무인들이 취객에게 달려가 강제로 일으켜 세웠다. 장발의 취객은 그 과정에서 완강히 저항했다.

"우리 집이 여긴데 나보고 어디를 가란 말이오. 난 갈 곳도 없고, 갈 수도 없으니 때려죽이든 삶아 먹든 당신들 마음대로 하시오."

취객은 크게 소리를 지른 후 바닥에 활짝 드러누웠다. 상황이 이렇게 되자 무인들이 육곤을 쳐다봤다. 피를 봐도 되느냐는 물음이다.

육곤은 고개를 끄덕였다.

"보는 눈이 많다. 목숨은 살려둬라."

살려두라는 것은 반은 죽여 놔도 된다는 뜻과 같다.

무인들이 칼을 빼 들었다.

"열을 헤아릴 동안 사라져라. 그렇지 않으면 평생 한 손으로 밥을 먹어야 할 것이다!"

무인들의 살벌한 모습에 더벅머리 취객이 그제야 상황을 판단한 듯 벌떡 일어났다.

"알겠소, 내 이곳을 떠날 터이니 칼은 휘두르지 마시오."

그 말에 이어 취객은 육곤의 모습을 슬쩍 돌아보곤 물었다.

"당신들에게 명을 내린 저분은 누구시오? 보아하니 지체가 아주 높으신 무인 같으신데."

"태활금의 이십칠궁사 육곤 대협이시다. 네놈 따위는 감히 눈도 마주하지 못할 분이시니 제 명에 살고 싶으면 어서 인사를 드리고 여기를 떠나라."

취객이 깜짝 놀란 모습으로 바닥에 머리를 박았다.

"아이고, 대협! 태활금의 상급궁사이신지도 모르고 소인이 그만 망발을 부렸습니다. 소인을 제발 용서해 주십시오!"

잡놈들과 말을 섞을 필요는 없다. 육곤은 마뜩찮은 표정으로 취객의 앞을 지나 난전으로 향했다. 무인들도 그런 육곤을 뒤따라 난전 안으로 들어갔다.

육곤이 십 보 정도의 거리로 멀어질 무렵, 장발의 취객이 고개를 조용히 들었다.

육곤을 노려보는 눈, 취객의 눈이 아니다.

**표적 확인! 대활이십칠궁 육곤!**

장발의 사내가 일어섰다. 일어선 그는 난전 입구의 삼 층 주점으로 곧장 달려갔다. 주점 안으로는 들어가지 않았다. 그는 주점의 외벽을 발로 디디며 삼 층 건물 정상으로 단숨에 올라갔다.

건물의 꼭대기에는 중형석궁이 놓여 있었다.

장발의 사내는 서서쏴 자세로 석궁을 들고 난전으로 표적을 맞추었다.

거리 이십 장, 표적 육곤!

퉁!

한 발이 발사됐다.

공간을 가로지른 쇠뇌전은 육곤의 뒤편에 위치했던 무인의 등을 꿰뚫었다.

무인이 갑자기 쓰러지자 육곤이 화들짝 놀라 돌아섰다.

"뭐지? 저, 저격이다!"

육곤이 소리치며 궁사의 본능으로 활을 빼내 들었다.

그러나 육곤의 대처는 이미 늦었다.

육곤의 이마에 정조준된 사내의 석궁.

조준된 석궁과 육곤 사이에 장애물은 아무것도 없다.

슝!

사내의 석궁에서 두 번째 쇠뇌전이 발사됐다.

"크윽!"

쇠뇌전은 한 치의 오차도 없이 육곤의 이마에 꽂혔다.

육곤이 쓰러지는 모습을 본 장발의 사내는 삼 층에서 뛰어내려와 혼잡한 인파 속으로 스며들었다.

대면에서 저격까지 불과 일각.

그 짧은 시각에 저격자는 육곤을 죽이고 사라졌다.

*　　　*　　　*

"육곤이 죽어? 뭐 때문에?"

물음을 던지는 중년 사내는 상체 골격이 유달리 발달했다. 금빛 장포를 입었음에도 근육질의 상반신 형체가 완연히 드러난다.

"설명을 해봐. 육곤이 대체 왜 저자에서 저격을 당한 거야?"

중년인의 눈앞에는 십 인의 궁사가 굳은 얼굴로 부복해 있다. 태활금의 최정예궁사, 이른바 성궁기사라고 불리는 태활십궁이다.

"이십 장의 거리에서 저격을 했다고? 그것도 혼잡한 난전에서? 지금 나보고 그 말을 믿으라는 거야? 차라리 나보고 니들 중에 저격범을 하나 고르라고 해. 태활금의 궁사들 외에 누가 또 그런 실력을 소유하고 있단 말이야?"

중년인의 물음에 궁사들은 답을 하지 못했다. 그럴 수밖에 없었다. 백주대낮 저자에서 벌어진 이 저격은 원인부터 결과까지 도무지 해석 불능이었다.

"삼궁! 니가 말해봐. 너도 저격범처럼 할 수 있겠어?"

중년인에게 지목된 궁사는 대답 대신 고개를 숙였다. 이 궁사의 이름은 장건. 태활삼궁으로서 장거리 저격에 아주 능하다. 장애물이 없다면 장건은 최대 사거리 이십삼 장의 표적까지 맞춘다. 하지만 그런 장건도 이 사안에 대해서만큼은 확답을 하지 못한다. 저격범은 이십 장 거리에서 인파로 혼잡한 난전의 표적을 향해 두 발을 쏘았고 그 두 발 전부를 명중시켰다. 솔직히 그렇게 명중시킬 자신이 없다.

"왕인! 네가 답해봐. 태활금의 궁사가 이따위 조잡한 것에 저격당한다는 것이 말이 돼?"

팅.

중년 사내가 이번엔 태활육궁 왕인의 눈앞으로 쇠붙이 물체를 던졌다. 석궁에 사용되는 쇠뇌전이다. 왕인은 석궁에 관한한 태활금에서 최고의 전문가이다. 그런 왕인이 보기에 저격에 사용된 쇠뇌전은 특별할 것이 없는 보통의 철촉이다. 그가 알고 있기로 이런 재질의 쇠뇌전으로는 이십 장을 날려 보내기도 버겁고 명중률도 형편없다.

"태활금의 수치야. 쪽팔려서 사중천에 알리지도 못하겠어.

이들을 주겠어. 모두 나가서 그놈을 찾아! 저격에 연루된 놈이거나 방해하는 놈들이 있다면 이유 불문하고 모조리 잡아와!"

"존명!"

궁사들이 복창하며 대전 밖으로 나갔다.

대전에 홀로 남은 중년 사내는 거대한 활의 문양이 새겨진 벽면 아래의 연단으로 걸어갔다. 연단에는 육곤의 시체가 누워 있었다. 중년 사내는 육곤의 사체를 보며 주먹을 불끈 말아 잡았다.

중년 사내는 태활금의 지존인 칠주궁마 육추성.

그의 분노는 육곤이라는 형제의 죽음 때문만은 아니다.

태활금의 안방에서 저격을 당했다는 수치심 때문도 아니다.

그가 지금 진정이 잘 안 될 정도로 분노하는 이유는 육곤의 이마에 꽂혔던 쇠뇌전에 딸려온 이것 때문이다.

한 장의 쪽지!

쪽지에는 이런 글이 적혀 있다.


주인의 등을 물어버린 비열한 개!

명심하라!

산활금의 산축금낭은 아직 끝나지 않았다!

　　　　＊　　　　＊　　　　＊

　태활금의 주력, 태활백궁은 각기 맡은 업무가 달라 같이 활동하는 일이 드물다. 그런 태활백궁들이 육곤의 죽음에 일제히 궁을 나가서 하나의 업무에 주력하자 태원 저자는 그만 난리가 난 것처럼 들썩댔다.

　궁사들은 저격범의 흔적을 찾고자 객잔은 물론이요, 가택까지 무단으로 침범해 범인 추적에 나섰다.

　종일토록 진행된 검거 작전은 밤이 깊었을 무렵에서야 끝이 났다. 성과는 거의 없었다. 태활백궁들은 범인 검거는커녕 추적의 단서조차 제대로 잡지 못하고 태활금으로 복귀했다.

　이대로 아무런 성과 없이 아침을 맞이하게 되면 육추성에게 호된 질책을 받게 된다. 그나마 기대할 것이 남아 있다면 태활금의 성궁기사로서 화약이 장전된 화살, 폭약시를 날리는 태활십궁 목예단이 아직 총단으로 복귀하지 않았다는 것이다.

　목예단이 제발 추적의 실마리라도 찾아오기를!

　궁사들은 그렇게 한마음으로 목예단을 응원하며 대기 시간을 초조히 보냈다.

　궁사들의 염원처럼, 목예단은 현 시각 태원의 남문 인근에

을씨년스럽게 자리한 폐가 앞에서 추적의 실마리를 잡고 있었다. 이곳은 한때 태원에서 가장 큰 위세를 떨쳤던 산활금의 수장, 조주학의 본가이다.

산축금낭에서 조주학을 저격한 육추성은 산활금이 재기할 것을 염려해 조가장의 식솔들을 모조리 죽여 버렸다. 당시 현장에서 죽은 사람만 일흔두 명. 하루아침에 멸문된 조가장은 그 후로 아무도 찾지 않는 폐가가 되어버렸다.

목예단이 이곳에 들어선 이유는 태활금으로 복귀하던 중, 조가장 안에서 불빛을 보았기 때문이다.

오늘 같은 날, 누가 감히 조가장에 불을 밝힌단 말인가.

느낌이 묘하다.

저격 사건과 연관되었을 가능성을 배제하지 못한다.

"주변을 감시해. 혹시 모르니 지원병도 요청하고."

목예단은 일단의 조치를 취한 후 조가장 안으로 들어섰다.

불빛은 조가장 중심부의 뼈대만 남은 낡은 구조물에서 흘러나온다. 예전 조가장의 장주가 사용했던 집무실로 추정된다.

목예단은 반쯤 부서진 담벼락 뒤에 서서 집무실 안쪽을 살펴봤다. 장발의 남자가 벽면 앞에 세워진 촛불을 향해 절을 올리고 있었다.

촛불 뒤에는 신주가 세워져 있다.

목예단이 내공으로 안력을 상승시켜 살펴보니 신주에 조주학의 이름이 적혀 있다.

'조주학에게 제사를? 누가?'

목예단은 고개를 갸웃했다. 그가 알기로 조주학의 가문은 씨가 말랐다. 조주학에게 제사를 지낼 피붙이가 남아 있을 리 없다.

장발 사내의 날선 음성이 들려왔다.

"아버님, 불효자 조민이 이제야 고향으로 돌아왔습니다. 소자는 가문을 멸족시킨 원수들을 한시도 잊지 않고 살았습니다. 복수의 날이 이제 시작됩니다. 소자는 태활금의 악적들을 한 놈도 살려두지 않을 것입니다."

음성보다 내용이 더 섬뜩했다. 조주학을 아버지라고 불렀으며 또한 복수를 주장했다. 조민. 생각해 보니 조주학에게 그런 자식이 있긴 했다. 만약 사실이라면 이건 분명 저격 사건과 관련된 일이다.

'어찌한다?'

목예단은 현장에 있는 수하들을 돌아봤다.

전부 다섯.

조민이란 놈의 실체를 모르기에 다섯의 무인으로는 그 무엇도 확신하지 못한다. 충분히 제압할 수도 있고 턱없이 모자랄 수도 있다.

'제압이 우선이야. 확인은 나중에 해도 돼.'

목예단은 수하들에게 공격 신호를 보냈다. 그 즉시 수하들이 칼을 빼 들곤 집무실로 뛰어들었다.

"으윽!"

"아악!"

수하들은 들어간 순서대로 바닥에 쓰러졌다. 상황이 너무 빨리 진행되어 제대로 된 파악을 할 수 없다. 목예단은 벽을 돌아 나와 집무실로 직접 뛰어들었다.

"이런!"

전면을 본 목예단은 인상을 와락 구겼다. 잠깐 사이에 한 명의 부하만 남기고 전부 놈에게 당했다. 그리고 그 한 명의 수하마저도 현재 조민이란 사내의 밥이 되고 있다. 처리 방식은 근접 박투. 놈은 칼을 휘두르는 수하의 가슴 아래로 파고들어 팔꿈치를 돌려 치고 있었다.

픽!

사내의 팔꿈치가 수하의 턱에 적중됐다. 수하는 그 즉시 바닥에 꼬꾸라졌다.

'권법의 고수! 거리를 벌여야 돼!'

파악과 대처는 동시에 이루어진다.

목예단은 지체 없이 뒤로 물러섰다.

"훙!"

그 순간 사내가 목예단을 발견하곤 득달같이 달려들었다.

'뭐야, 이거?'

목예단은 물러서던 도중 눈살을 찌푸렸다.

방어도 없이 무조건 돌격하는 상대.

이건 승패를 떠나 태활금의 성궁기사로서 자존심이 걸린 문제다.

목예단은 퇴보를 밟으며 오른손을 펼쳐 쭉 내밀었다.

장심이 푸르스름하게 변한다.

목예단이 오랜 수련 끝에 성취를 이룬 청공장이다.

푸앙!

"크윽."

청공장이 사내의 가슴에 타격됐다. 사내는 붕 떠올라 맞은 편 벽면에 허리를 처박았다.

한 방에 나가떨어진 적이지만 목예단은 아직 긴장을 늦추지 않았다.

목예단은 사내가 벽에 처박히던 순간 어깨에 걸린 각궁을 뽑아 들었다. 그리고 화약이 장전된 폭약시를 시위에 걸어 쏘았다.

콰앙!

폭약시의 표적이 된 벽면이 산산조각 났다.

'너무 쉽군. 이급 수준이야.'

목예단이 조민이란 사내의 처단을 확신했을 때다.

끼익.

폭발의 먼지 속에서 무언가를 잡아당기는 음향이 들려왔다.

'응, 이건?'

궁사에게 너무도 익숙한 소리. 활시위를 당기는 소리이다.

쓩!

검은 점이 목예단의 눈앞으로 날아왔다.

피하기에는 이미 늦었다.

목예단은 내공을 전력으로 일으켜 오른손으로 얼굴 앞을 가렸다.

퍽!

무언가가 손바닥을 관통하고 그의 귀를 가르고 지나갔다.

쇠뇌전이다.

육체 희생을 각오한 방어 수법이 아니었다면 손바닥이 아닌 그의 얼굴이 관통되었을 것이다.

"이놈!"

목예단은 피를 질질 흘리는 손으로 폭약시를 다시 장착하곤 바로 표적 조준에 들어갔다.

그 순간 쇠뇌전 한 발이 먼지 속에서 또 날아왔다.

쿠아앙!

목예단의 눈앞에서 화약 폭발이 일어났다.

"크윽!"

목예단은 폭발의 충격에 뒤로 나가떨어졌다. 머리카락은 산발이고 입과 코에서는 선혈이 마구 분출된다. 그러나 육체의 충격보다 정신적 충격이 더 크다.

조준된 폭약시의 화살촉을 정통으로 맞추는 궁술.

칠주궁마 외에 이런 궁술을 소유한 궁사가 또 있었단 말인가.

벽면의 먼지 속에서 석궁을 손에 든 사내가 목예단을 향해 뚜벅뚜벅 걸어왔다.

사내는 쓰러져 있는 목예단의 목을 발로 밟고 석궁을 아래로 조준했다.

끼이익.

석궁의 시위가 당겨진다.

사내는 그 자세에서 목예단을 내려다보며 말했다.

"개인감정은 없다."

픽!

＊　　　＊　　　＊

이른 새벽, 목예단의 죽음이 태활금에 알려졌다. 간밤에 조가장에 같이 들어갔던 목예단의 직속 수하들이 알려온 보고이기에 의심의 여지가 없었다.

불과 이틀 사이에 육곤에 이어 목예단까지 저격되자 태활금은 발칵 뒤집혔다.

"저격범이 조민이라고?"

육추성은 목예단의 죽음보다 저격범이 조민이란 보고에 더 큰 충격을 받았다. 조민의 이름을 듣고 난 후로 목예단을 더 이상 거론하지 않을 정도였다.

"궁주님, 노기를 거두십시오. 놈이 조주학의 아들이란 증거는 어디에도 없습니다."

"그렇습니다, 궁주님. 설령 조민이 아직까지 살아 있다고 하더라도, 대활 능력을 소유할 수는 없습니다. 오래전에 우리가 직접 조민의 왼팔을 잘랐습니다. 저격범은 조민을 빙자한 강호의 불량한 무리일 것입니다."

태활십궁들은 조민의 출현을 믿지 않았다. 솔직히 말하자면 조민의 재기를 믿고 싶지 않았다고 해야 할 터다. 조민이란 이름 뒤에는 산활금이 필연적으로 따라 붙는다. 산활금의 배신자라는 말은 이제 다시는 듣고 싶지 않다.

육추성이 말했다.

"목예단이 죽은 현장에서도 육곤을 저격했던 쇠뇌전이 발견됐다. 저격범이 같은 놈이라는 뜻. 놈은 장거리 저격에 이어 단거리 저격에서도 탁월한 실력을 발휘했다. 산활금이 아니고서 이런 놈을 조련할 문파가 무림 어디에 또 있겠느냐?"

육추성의 물음에 궁사들은 대답하지 못했다. 육추성의 말에 타당성이 있는 것이다.

"놈이 자신의 입으로 조민임을 주장했다고?"

육추성이 대전의 중앙 바닥으로 시선을 돌려 물었다.

시선 방향에는 얼굴이 피멍으로 물든 다섯 무인이 무릎을 꿇고 있었다.

"저희가 어찌 지존 앞에서 거짓을 아뢰겠습니까. 놈이 조주학의 신주에 제를 올리며 하는 말을 똑똑히 들었습니다."

태활십궁들이 곤혹스런 신음을 흘렸다. 현장의 목격자까지 있다. 조민이란 존재에 대해 더는 불신을 제기할 수 없는 입장이다.

"목예단의 사체는 어디에 있지?"

"죽여주십시오, 주군!"

다섯 명의 무인이 일제히 머리를 바닥에 박았다.

"애초에 너희의 적수가 아니었다. 놈이 너희를 살려둔 것은 내게 전할 말이 있다는 것. 꺼리지 말고 답하라."

육추성의 말에 다섯 무인은 잠시 주변의 눈치를 살피곤 상의를 벗어 등을 내보였다.

다섯 글자.

한 사람의 등에 한 글자씩 칼로 새겨져 있었다.


조왈태원견(朝曰太原犬)!
아침이 밝으면 태원의 개가 짓는다!


글을 읽어본 육추성은 불편한 심정으로 대전을 거닐었다.

거듭된 암살. 저격범의 정체. 사라진 사체.

무엇 하나 시원하게 밝혀지는 것이 없다.

대전 입구까지 걸어간 육추성은 그곳에서 동쪽 하늘을 처다봤다.

하늘이 붉다.

새 아침을 알리는 일출이 막 시작되고 있다.


\*          \*          \*


이른 아침부터 태원 저자가 떠들썩댔다.

태활금으로 향하는 대로 중심에 목예단의 사체를 실은 수레가 놓여 있었다.

목예단이 어떤 존재인가. 태활금의 성궁기사로서 태원에선 거의 대항 불가의 존재가 아니었던가.

그런 목예단의 사체를 대로에 이렇게 남겨 두었다는 것은 곧, 태활금에 선전포고를 한 것과 다름이 없다.

태원인들은 수레 상단에 적힌 팻말의 글에 주목했다.


산축금낭은 궁사의 명예이자, 태원인들의 자랑이다!

산축금낭을 폐기한 비열한 육가는 산활금의 진정한 후예가 아니

다.

산활금의 축제를 보고픈 자,

오라, 천룡산으로!


태원인들은 산활금이란 단체에 대해 잘 알고 있다. 예전 산
활금은 태원인들에게 따뜻한 이웃과도 같은 존재였다. 패권
이 아닌 협의지로를 지향했으며 태원에 악인이 출현하면 그
들이 앞장서서 척결했다.

산활금의 정신을 계승했다는 태활금은 평판이 완전히 다
르다. 태활금은 태원의 이웃이 아닌 군림하는 단체로 존재해
있다. 태원인 어느 누구도 태활금을 태원의 자랑이라고 생각
하지 않는다.

산활금이 공개적으로 거론되자 태원의 주민들은 몹시 술
렁댔다. 육추성이 오래전 산축금낭에서 산활금주를 암습했
다는 말 때문이었다. 예전에도 그런 소문이 있긴 했지만 이번
엔 태원인들에게 아주 강하게 인식될 정도로 말의 파급력이

드셨다. 수레에 남겨진 글의 진의를 알아보고자 벌써 천룡산으로 향하는 이들이 있을 정도였다.

태원인들의 이런 분위기를 태활금이 모를 리가 없었다.

태활금은 일급 경계령을 발동해 태원의 저자로 무인들을 출동시켰다. 외부 출행을 거의 하지 않았던 육추성도 이번엔 밖으로 나왔다. 육추성이 태활백궁들을 직접 인솔해서 나왔다고 해야 함이다.

육추성은 목예단의 사체가 실린 수레 앞에서 한참을 머물렀다. 사체가 실린 수레에는 천룡산으로 오라는 글 외에 그를 자극하는 다른 글이 적혀 있었다. 이 글이 적힌 종이는 팻말이 아닌 사체의 가슴에 놓여 있었다.


구채명궁을 소유하고 싶다면 천룡산으로 오라!


구채명궁은 무림 궁가의 일대 병기이자 산활금의 지존 신물이다. 육추성이 산활금을 혁파할 당시 이것을 소유하지 못해 천하 궁사들로부터 상당한 비판을 받았다.

천룡산으로 오라는 글이 적힌 종이 상단에는 용, 학, 호랑이, 등 일곱 동물의 문양이 찍혀 있었다. 육추성에게 이 문양은 의미가 각별했다. 그가 소유한 이채궁 이외에 나머지 칠채궁에 양각된 문양인 것이다.

"이젠 의문의 여지가 없다. 현 시각 태활궁사들은 모든 업무를 중단하고 조민을 추적한다. 놈이 산축금낭을 원한다면 그것을 들어준다. 단 사냥의 제물은 바로 그놈이 될 것이다."

육추성의 말에 궁사들이 흥분의 기색을 비쳤다. 십 년 만에 부활된 궁사들의 사냥 잔치. 사냥의 대상은 전대 산활금주의 아들이다. 궁사들에게 이보다 더 만족스런 사냥감은 없다.

태활십궁 중에서 일궁사 추강적이 육추성에게 말했다.

"주군, 재고해 주십시오."

"왜?"

"태활금의 궁사들이 모두 전투 무장을 하고 천룡산으로 간다면 쟁금법에 걸립니다. 차후에 동심맹에서 이 일을 문제 삼을 것입니다."

"흐음."

육추성이 잠깐 생각해 보고 고개를 끄덕였다. 삼백 명도 넘는 궁사가 산축금낭에 참가했던 예전과 무림의 상황이 다르다. 지금은 백 명의 전투 무인을 동원하지 못하는 쟁금법의 효력이 생생히 발동되는 시기다.

"그렇다고 천룡산에 안 갈 수는 없다. 천룡산으로 향한 궁사들에게 전투 무장을 해제하라고 일러라. 천룡산에는……."

"산에는?"

"나 포함 아흔아홉 명의 궁사만 들어간다."

출전 무인들의 숫자가 적다고 해서 전력이 약한 것은 아니다. 태활백궁이 일제히 사냥에 나선다는 것은 곧 태활금의 무력 전부가 동원된다는 뜻과 같다.

육추성은 천룡산 방면을 주시하며 심정을 표현했다.

"확실하게 끝을 봐주지. 나도 이젠 네놈들의 망령을 더는 겪기 싫어."

6장

산축금낭(山逐禽郞)

천룡산.

태원 남쪽에 위치한 산이다.

산서성의 이름 높은 산, 항산, 오태산, 태행산 등에 비교하면 규모도 왜소하고 절경도 부족하지만 태원의 궁사들에게는 의미가 매우 깊은 산이다.

산축금낭.

오직 활로만 승부하는 궁사들의 진검 승부.

예전, 무림제일 궁사의 명예를 건 사냥 잔치가 바로 이곳에서 벌어졌던 것이다.

현재 천룡산 일대는 태원에서 벌어진 일련의 사건으로 말미암아 인파로 몹시 붐볐다. 저격범을 뒤쫓아 온 태활금의 무인들도 있었지만 의문과 호기심으로 천룡산을 찾은 일반인의 숫자도 상당했다.

태활금의 무인들은 천룡산 초입의 쌍두바위 이십 장 앞에서 일반인들의 진입을 막았다. 쌍두바위 위에는 산발의 사내가 앉아 있었다.

산활금의 후예, 조민의 출현은 이제 세간의 비밀이 아니었다. 태활금이 현재 조민을 추적하고 있다는 것까지 시중에 파다하게 알려진 상태였다.

와아아!

천룡산 일대가 갑자기 소란스러워졌다.

육추성이 태활백궁을 이끌고 전면으로 나오고 있었다. 육추성은 금갑 복장에 이채궁을 어깨에 걸었다. 육추성이 전투 무장해서 출정한 것은 실로 오랜만이다.

"아아!"

사람들이 이번엔 쌍두바위를 돌아보며 함성을 토했다. 육추성의 등장과 동시에 장발의 사내가 쌍두바위에서 일어나 활을 세워 들고 있었다.

사내가 활을 조준해 시위를 당겼다. 잠시 후 한 발의 화살이 허공을 갈랐다. 화살은 육추성의 이마 앞으로 정확히 날아왔다.

팟!

화살은 육추성의 눈앞에서 멈추었다. 육추성이 손으로 화살을 잡은 것이다. 궁사는 활로 뜻을 전한다. 육추성은 사내가 날린 한 발에 담긴 의미를 알았다. 살의가 담기지 않은 화살. 이건 오늘의 승부가 시작되었음을 알리는 궁사의 인사이다.

"원한다면 제대로 인사를 해주지."

육추성이 한 손을 들었다.

"태활백궁, 거활!"

태활백궁들이 일제히 활을 세워 시위를 당겼다.

"조준!"

궁사들이 조준하는 표적은 쌍두바위의 사내이다.

"발사!"

츄츄츄츄츄츄츄츄츄!

아흔여덟 개의 화살이 쌍두바위로 일제히 날아갔다.

육추성이 화살을 피하지 않았듯, 사내도 화살 무더기를 피하지 않았다.

아흔여덟 개의 화살을 손으로 전부 잡아낼 수는 없다. 호신강기로 화살을 튕겨내는 것은 궁마의 능력으로도 불가능하다. 사내의 대응은 미리 준비해 둔 방패이다. 화살이 지척에 이르자 사내는 한 무릎을 꿇은 상태에서 방패로 몸을 가렸다.

파파파파파팟!

방패에 화살이 무더기로 꽂혔다. 멀리서 보면 고슴도치 같은 모습이다.

"홍! 나무 방패 따위로!"

아흔아홉 번째의 활이 표적을 조준했다. 이 활을 쏘는 궁사는 육추성 본인이다. 육추성이 쏜 화살은 이십 장 공간을 단숨에 날아가 사내의 방패를 직격했다.

쿠아앙!

드센 폭발과 함께 방패가 박살 났다.

화살 한 발을 쏜 것뿐임에도 폭탄과 같은 위력.

바위도 박살 낸다는 육추성의 내력 화살, 태활천뢰멸시공중의 폭뢰시(暴雷矢)다.

폭발의 충격에 바닥에 쓰러졌던 사내는 산발된 모습으로 벌떡 일어났다. 그런 다음 육추성을 한 번 노려보곤 천룡산 안으로 뛰어들었다.

육추성이 말했다.

"목예단의 죽음으로 태활십궁의 한 자리가 비었다. 태활금주로 명하노니 조민을 첫 번째로 사냥하는 궁사, 그 궁사에게 태활십궁의 명예를 주겠노라."

"와아아!"

육추성이 산축금낭의 시작을 알리자 궁사들이 들뜬 함성을 지르며 천룡산으로 달려갔다. 육추성도 태활백궁들의 후방에 따라붙어 천룡산으로 들어갔다.

천룡산에 사냥감이 들어간 이상 이제 성과 없이는 궁사 누구도 그냥 나올 수 없다. 사냥을 하지 못한 채 살아서 나온다면 불궁기사란 불명예가 평생 동안 따라붙는다.

육추성의 모습이 사라진 후에도 사람들은 쌍두바위 현장에 머물렀다. 궁사들의 명예를 건 산축금낭이다. 사냥의 결과가 나올 때까지 자리를 지켜주는 것은 산축금낭에 참관한 관전자들의 오랜 예의이다.

"스스로 사지에 뛰어든 자객이라……. 도무지 이해를 할 수 없군."

관전자들 중에는 무림인도 제법 되었다. 일반인으로 변장한 소유진도 그중의 하나였다.

"활은 또 뭐야. 활로 궁마를 상대할 수 있다고 생각한 거야? 이럴 거면 백일조련은 왜 받았던 거야?"

불만스럽게 중얼대던 소유진이 문득 옆을 돌아봤다. 그녀의 옆자리에는 삼단장창을 등에 매단 흑의 남자가 천룡산을 멍히 쳐다보고 있었다.

"양 대주. 당신은 어떻게 생각해?"

"……."

"이봐, 양 대주. 내 말이 안 들려!"

소유진이 음성을 높이자 양 대주라 불린 남자가 그때서야 그녀를 쳐다봤다.

"네? 뭐라고 하셨지요?"

남자의 이름은 양소이다. 양가창법으로 유명한 하북의 무림 명문 양가장의 후예인데 야랑처럼 신강의 전장에서 생존 귀환했다. 참전 당시 양소의 신분은 용병의 직급이 아닌 중무련 돌격 선봉대 중무일검대주이다.

"궁마를 활로 상대하는 것을 어떻게 생각하느냐고? 당신은 야랑과 같이 생활해 봤으니 야랑이 지금 무슨 생각으로 활을 들었는지 알 거 아냐?"

양소는 그녀의 물음에 답하기에 앞서 확인 차원의 물음을 던졌다.

"거리가 멀어서 확인을 못했는데 저 사람이 정말 야랑이 맞습니까?"

"확실해. 야랑이 맞아."

"그렇다면, 궁마의 운도 이제 다 되었군요. 내일이면 아마 사중천이 발칵 뒤집힐 것입니다."

궁마의 죽음을 너무도 쉽게 단정하는 양소이다. 소유진이 눈살을 찌푸려 반박했다.

"그게 말이 된다고 생각해? 상대가 궁마야. 활로 싸우면 천하에서 적수가 없다는 무적 궁사란 말이야."

"그건 무림에서나 통하는 명성입니다. 전장에 나가면 그런 명성은 전부 헛것에 불과합니다."

"궁마뿐만이 아니라, 태활금의 정예 궁사들도 천룡산에 들어갔어. 구대문파의 수장이라고 한들 저런 한정된 공간에서는 승리를 자신할 수 없어."

"한정된 공간?"

양소가 그녀를 힐끗 쳐다봤다.

"소저께선 전장에서 싸워본 적이 한 번도 없지요?"

"갑자기 그건 왜?"

"천룡산은 규모는 작지만 곳곳이 험지라서 엄폐와 은폐가 얼마든지 용이합니다. 그런 곳에 야랑이 먼저 뛰어들었습니다. 이는 야랑이 저격전에 대비하는 작업을 사전에 해두었다는 뜻입니다. 단언하건대 태활금의 궁사들은 야랑의 매복을 감지조차 못할 것입니다."

엄폐, 은폐, 매복. 양소의 입에서 어려운 전장 용어들이 줄줄 나온다. 소유진이 이런 양소를 노려보곤 비꼬듯 말했다.

"전장의 경험이 벼슬이군. 무림인의 능력을 아주 맹물로 보고 있어."

"나 역시 무림 세가 출신인데 무림인의 능력을 어찌 무시하겠습니까. 내가 이런 주장을 할 수 있는 이유는 무림인들의 상대자가 야랑이기 때문입니다."

양소의 대답엔 머뭇거림이 없었다. 그만큼 야랑의 능력에 확신을 한다는 뜻이다.

"정면 승부로는 야랑이 궁마를 잡을 수 없습니다. 이 점은 야랑 자신이 누구보다 잘 알고 있는데, 그러기에 그는 궁마를 처단함에 저격수의 입장에서 모종의 승부를 보려고 할 겁니다. 백 대 일의 산축금낭에 뛰어든 야랑의 숨겨진 한 수. 그것이 무엇인지 사전에 파악하지 못한다면 궁마는 지옥행을 결코 피하지 못할 것입니다."

소유진은 야랑에 관한 설명을 늘어놓는 양소를 새삼스럽게 쳐다봤다. 신강의 전장. 야랑은 대체 그곳에서 어떤 존재였기에 그의 상관이었던 양소조차 이렇게 신뢰를 다하고 있는가.

양소의 표정을 살펴보던 그녀가 문득 말했다.

"이제 보니 양 대주는 야랑과 남모른 사연이 있는 것 같군. 단순히 상관과 하급 용병의 관계로는 보이지 않아."

양소는 물음에 답하기에 앞서 천룡산으로 시선을 돌렸다. 눈빛은 멀고 표정은 복잡하다. 천룡산을 바라보고 있지만 그가 생각하고 있는 것은 전방의 산이 아님이다.

양소가 말했다.

"인연을 맺은 과정은 쓰지만 추억으로 남은 기억은 달콤하지요."

인연은 쓰고 추억은 달다.

말의 의미를 소유진이 알 수는 없었다. 야랑과 같이 신강의 전장에서 활동한 자들만이 그 뜻을 알 수 있을 것이다.

*　　　*　　　*

산축금낭 반 시진.

난처한 상황이다. 태활금의 궁사들이 천룡산으로 뛰어들었을 당시만 해도 조민으로 추정되는 사냥감은 그들의 가시권에 있었다.

그런데 궁사들이 막상 화살에 시위를 걸고 사냥에 나서려고 하자 사냥감의 모습이 그만 시야에서 사라져 버렸다. 한번 사라진 후로 사냥감의 추적은 쉽지 않았다. 조민이라는 자가 천룡산으로 들어온 게 진짜 맞는지 의심이 될 정도로 흔적이 남아 있지 않았다.

"놈은 아직 천룡산에 있다. 지금부터 열 개 조로 갈라져 천룡산을 수색한다. 명심해라. 사냥에 성공할 때까지 아무도 천룡산을 떠나지 않는다."

육추성의 명에 따라 태활백궁은 십 인씩 일 개 조로 갈라져 수색에 나섰다. 수색조 중에서 일 개 조는 육추성과 함께 천룡산 중심부 천수평에 머물며 지휘부를 차렸다.

수색 한 시진.

대대적인 수색 끝에 사냥 대상과 첫 교전이 벌어졌다.

장소는 천룡산의 계곡, 용금천이고 교전을 벌인 수색조는 태활칠궁 막소사가 이끄는 수색칠조이다.

칠조의 조장, 막소사는 태활금에서 최고의 속사를 자랑한다. 조준에서 발사까지 한 걸음 안에 끝낸다고 하여 무림에선 일보속사라고 불린다.

용금천을 건너가던 막소사의 눈에 수상한 무언가가 감지됐다. 감지된 곳은 용금천 상류와 맞닿은 가시덤불. 가시덤불 아래의 수면은 햇살에 반사되어 은빛으로 영롱히 빛난다.

"칠조 정지!"

막소사의 음성에 칠조 궁사들이 용금천에 발을 담근 모습으로 행보를 멈추었다. 실전에 임한 상태이다. 막소사는 눈짓으로 용금천 상류의 덤불을 가리켰고, 조원들은 그 즉시 활을 그곳으로 조준했다.

"확인!"

츄츄츄츄츄!

막소사의 지시에 조원들이 일제히 활을 쏘았다. 잠시 후 덤불 뒤편에서 무언가가 뛰쳐나왔다. 사람이 아닌 노루 한 마리였다.

'짐승? 내가 너무 긴장한 건가?'

막소사는 허탈한 표정으로 돌아섰다. 조원들도 활시위를 거두고 용금천을 다시 건너갔다.

칠조 궁사들이 그렇게 용금천을 거의 건너갔을 때다.

조금 전 칠조의 표적이 되었던 덤불, 그 아래의 수면에서 한 사내가 석궁을 조준한 자세로 유령처럼 떠올랐다.

슉! 슉!

쇠뇌전 두 발이 연속해서 발사됐다.

"크윽."

"윽!"

칠조 궁사 두 명이 쇠뇌전에 뒤통수가 꽂힌 모습으로 땅바닥에 쓰러졌다.

"저격이다!"

막소사가 뒤늦게 소리치며 돌아섰다. 조원들도 동시에 뒤돌아 활을 조준했다. 그러나 그들의 가시권에 표적으로 추정되는 대상은 보이지 않았다.

"어, 어디서 날아왔지?"

조원들이 당혹한 얼굴로 주변을 살폈다. 막소사 역시 아직 표적을 찾지 못했다. 그나마 의심스런 곳은 조금 전 표적이 되었던 덤불 아래의 수면이다. 그곳에 물결의 파장이 미세하게 남아 있다.

"저기!"

막소사가 수면을 손짓했다. 물속으로 들어가서 확인하라는 뜻이다. 칠조 궁사 하나가 활을 등 뒤로 돌리고 지체 없이 그곳으로 뛰어 들었다.

츄아아아아!

그 조원이 물속으로 뛰어든 것과 동시에 장발의 사내가 수면 아래에서 벼락처럼 솟아올랐다.

"쏴!"

이미 조준된 활이다. 칠조 궁사들의 화살이 사내를 향해 일제히 날아간다. 그러나 명중되는 화살은 없다. 물속에서 뛰쳐나온 사내는 화살이 날아올 방향을 사전에 예측한 듯 머뭇거림 없이 곧바로 용금천 건너편으로 달려갔다.

"흥!"

막소사도 이때 사내의 동선에 맞추어 빠르게 움직였다. 오류 장의 거리 간격을 두고 평행선으로 내달린다고 할 수 있다. 사내가 달리던 동작 중에 막소사를 힐끗 쳐다봤다. 그러더니 석궁을 들어 막소사에게 겨누었다. 막소사도 그 순간 활을 사내에게 조준했다. 속사포로 명성을 떨친 막소사다. 막소사는 조준과 동시에 격발의 시위를 당겼다.

"어?"

격발 직전, 막소사는 입을 어벙하게 벌렸다.

석궁을 쏘는 사내의 동작이 막소사의 조준 행위보다 훨씬 더 빠르다.

슝!

석궁에서 쇠뇌전 한 발이 발사됐다.

퍽!

막소사는 입안에 쇠뇌전이 박힌 모습으로 동작을 멈추었다.

막소사의 활은 아직 시위에 걸린 상태. 상대는 막소사의 속사를 평범한 수준으로 만들어 버릴 정도의 엄청난 속사포다. 강호에 이 정도로 빠른 속사수가 있으리라고는 막소사는 생을 마치는 이 순간까지 예상을 못하였다.

✽     ✽     ✽

수색팔조 조장 태활팔궁 강우작은 태활금에서 육추성을 제외한 최고의 강궁 궁사이다. 알려지길 그는 탄강시라는 화살로 십 장 거리의 고목까지 꿰뚫었다고 한다.

태활십궁 중에서 막소사의 죽음을 가장 먼저 접한 이는 바로 그 강우작이다.

"이게 대체!"

현장에 도착한 강우작은 막소사의 시신을 보며 한동안 말을 잇지 못했다. 막소사와 강우작은 태활금에서 오랫동안 같이 활동했다. 그러기에 강우작은 막소사의 궁술, 특히 속사 능력에 대해서는 누구 못지않게 잘 알고 있었다. 막소사는 일보에 두 발을 연속해서 날릴 정도로 손이 재빨랐고, 그렇게 동적인 상태에서도 거의 실수가 없을 정도로 명중률이 정확했다.

하지만 그 막소사가 이번엔 활을 쏘아보지도 못하고 적의 속사에 당했다. 암습을 받은 것이 아닐까 생각했지만 수색 칠조의 생존 궁사들은 막소사와 조민이 일대일로 마주 쳐다보며 승부했다고 한다.

허무한 심정은 잠깐이다.

종적을 드러낸 놈을 어서 추적해야 한다. 이 기회를 놓치면 놈은 다시 종적을 감춘다.

다만 속사수로서 놈의 능력이 확인된 이상 대책 없는 추적을 해서는 안 된다. 놈을 대적할 수단을 강구해 두어야 한다.

강우작은 그런 생각으로 현장을 면밀히 살펴봤다. 한 가지 의문이 뇌리를 스친다. 이전에 죽은 육곤과 목예단의 경우처럼 막소사도 석궁의 쇠뇌전에 저격됐다.

'석궁만 사용하는 궁사란 건가?'

추정은 점점 확신으로 변했다. 석궁은 기계적 장치에 의해 발사되기에 단거리에서는 명중률이 상당히 높다. 재능이 있다면 궁사로서 오랜 대활 수련을 하지 않아도 속사의 능력을 갖출 수 있다.

'석궁 속사가 전부라면 놈을 상대할 방법이 있어.'

무림 궁사의 진정한 능력은 내력을 활용하는 대활 궁술에서 나온다. 대활 궁사로서 일급 이상의 내력을 소유하면 활에 내공을 싣는 것이 가능해지기 때문이다. 활에 내공이 제대로 실리면 그땐 어지간한 고목 정도는 능히 관통한다. 기계적 장치에 의존한 석궁에서는 그렇게 내공을 사용하는 것이 원천적으로 불가능하다.

강우작은 수색칠조의 궁사들에게 물었다.

"놈이 어디로 달아났다고?"

"저곳, 천룡산 북안벽 방면입니다."

강우작은 천룡산의 일출 명소인 북안벽으로 돌아섰다.

북안벽은 오십 장 높이의 절벽, 도주자의 입장에선 막다른 곳이다. 놈은 왜 막다른 곳으로 달아났을까? 의도가 의심스럽다. 유인술일 가능성도 염두에 두어야 한다.

'시간이 없어. 유인이든 뭐든, 일단 추적을 해야 돼.'

강우작은 결정을 내렸다.

"지금부터 사수와 부사수의 이중 전열을 유지하여 북안벽으로 올라간다. 놈을 발견하면 명령이 없더라도 무조건 전원

응사한다."

강우작의 명에 따라 궁사들이 이중 전열로 북안벽으로 향했다. 강우작은 이때 조원들의 후방에서 은밀히 움직였다. 그가 이렇게 후방 삼선에 머무른 이유는 적의 속사에 대응하기 위해서였다.

'놈의 속사로는 이중의 방어벽을 뚫어낼 수 없어.'

아군을 방패막이로 내세운 작전이지만 강우작은 그다지 개의치 않았다. 실전에선 자살 공격에 가까운 명령도 받아들여야 한다. 강우작 역시 지난 시절 그런 지시를 수행하며 현재의 위치까지 올라섰다.

북안벽에 다다랐다. 사냥감이 은신할 곳으로는 마땅치 않아 보인다.

"놈의 부재를 확인하기 전까진 격발 자세를 유지해."

강우작은 조원들의 집중력을 일깨우며 활을 들었다. 활을 조준한 채 주변을 샅샅이 살펴보지만 사냥감은 어디에서도 보이지 않는다.

"놈이 보이지 않습니다. 북안벽으로 오지 않은 모양입니다."

수하의 말에 강우작은 고개를 끄덕였다. 북안벽은 사방이 트인 암반 지대다. 은신할 장소로도 저격을 할 장소로도 마땅치 않다. 그가 사냥감의 입장이라도 이런 곳으로 달아나진 않았을 것이다.

"절벽 아래로 내려갔을 수 있다. 놈의 흔적이 있는지 칠조 궁사들이 가서 확인을 해봐."

강우작은 긴장을 조금 털어낸 음성으로 명했다. 곧, 칠조 궁사 두 명이 절벽 끝으로 걸어가 시선을 절벽 아래에 두고 이곳저곳을 살폈다. 그러던 한순간 우측에 위치했던 조원이 강우작의 시야에서 갑자기 사라졌다.

"응?"

눈앞에서 사라진 조원. 스스로 절벽 아래로 뛰어내렸을 리는 만무하다.

"뭐야? 어서 확인 보고해!"

좌측의 조원에게 강우작이 다급히 물었다. 그 순간 절벽 아래에서 장발의 사내가 독수리처럼 뛰어올라 왔다. 사내의 정체에 대해 알아볼 상황이 아니다. 강우작은 곧바로 활을 조준하며 소리쳤다.

"적이다! 발사!"

강우작의 음성과 동시에 팔조 대원들이 일제히 화살을 쏘았다.

"크윽!"

좌측 조원의 몸에 화살이 와르르 꽂혔다. 성과는 없었다. 사내는 좌측 조원의 몸을 방패로 삼아 그 뒤에 숨어 있었다.

"흥! 그것으로는 생을 담보하지 못한다."

기이익! 파앙!

궁사들의 격발에 뒤이어 강우작도 활을 강하게 쏘았다. 그의 화살은 내력이 실린 강궁, 탄강시다. 한 사람의 몸통 정도는 능히 꿰뚫는다.

픽!

탄강시가 좌측 궁사의 몸통을 관통했다. 강우작의 의도대로라면 그 뒤편의 사람까지도 탄강시에 타격되어야 한다. 하지만 상황은 강우작의 뜻대로 진행되지 않았다. 탄강시가 좌측 조원의 몸을 관통하던 순간 그 조원의 어깨 위로 조준된 석궁이 올라왔다.

투웅!

강우작을 향해 석궁이 발사됐다. 강우작의 격발과 동시에 쏘아진 쇠뇌전이기에 강우작이 몸을 피할 여유는 없다.

'괜찮아. 난 지금 이중 전열 뒤편에 위치해 있어!'

적의 조준에 걸린 위기 상황이지만 강우작은 순간적으로 안도했다. 놈은 사람 하나를 방패로 두었지만 그는 지금 조원 둘을 방패로 두고 있었다. 석궁으로 이중의 인체를 뚫고 나올 화살을 쏜다는 것은 그의 상식으로 절대 불가능했다.

확신의 생각은 떠오르자마자 곧바로 깨진다.

픽! 픽!

강우작 앞에 포진해 있던 궁사 둘의 몸통이 쇠뇌전에 연이어 꿰뚫렸다. 끔찍한 일이라면 인체 둘을 뚫어낸 쇠뇌전이 아직도 그 세기를 잃지 않고 강우작을 향해 강력하게 날아온다는 것이다.

퍼억!

쇠뇌전이 강우작의 심장에 박혔다. 얼마나 세게 꽂혔는지 쇠뇌전의 뿌리 부분만 겨우 보였다.

강우작은 넋 빠진 얼굴로 자신의 가슴을 내려다봤다.

"말, 말도 안 돼. 이런 강궁이라니……."

말은 끝을 맺지 못한다. 강우작은 불신의 음성을 중얼대다 말고 힘없이 바닥에 쓰러졌다.

∗          ∗          ∗

막소사에 이어 강우작까지 저격당하자 태활궁사들의 사냥 의지는 극도로 저하됐다. 암중의 적은 궁사로서 드물게 속사와 강궁 능력을 동시에 소유했다. 거기에다 잠복한 곳을 도무지 찾아낼 수 없는 은신의 수법까지 갖추었다. 이런 놈이 대체 왜 지금까지 강호에 알려지지 않았던가. 이젠 누가 사냥감이 되고 있는지 헷갈릴 정도이다.

"이대로는 놈을 잡을 수 없다. 태활궁사들은 현 시각 천수평으로 돌아가서 추적 전열을 새로이 구성한다."

수색 일조 조장, 태활일궁 추강적이 재집결의 명을 내렸다. 일종의 퇴각인데 표적의 무력 측정에 착오가 있었다는 점을 인정하는 것이다.

작전상의 퇴각이다. 궁사들의 안전한 퇴각을 지시한 추강적은 장거리 저격에 탁월한 능력이 있는 태활삼궁 장건에게 별도의 작전을 전했다.

"천소로를 통해서 천수평으로 퇴각할 걸세. 자네는 그곳에 미리 잠복하고 있다가 놈이 우리 궁사들을 공격하고자 현장에 나타나면 즉각 저격을 하시게."

천소로는 천룡산의 중앙을 가르는 협곡, 천소협곡 사이를 지나가는 산길을 말한다. 추강적의 말을 들은 장건은 그 즉시 천소협곡으로 달려가 장거리 저격에 대비했다.

저격의 잠복지로 장건이 정한 곳은 천소로가 한눈에 내려다보이는 우측 협곡의 암벽 아래였다. 장건은 그곳에 장거리 저격용 장포궁(長抛弓)을 바닥에 설치하고 암벽의 색깔과 비슷한 피풍의로 전신을 가렸다.

장포궁은 서서 쏘는 일반적인 대활 궁술과 다르게 활을 바닥 지지대에 수평으로 고정시킨 상태에서 앉아 화살을 날린다. 장거리 저격에 특화된 궁술이라고 할 수 있는데 장건은 이것으로 최대 사거리 이십삼 장에 이르는 표적을 명중시킨

적이 있다.

잠복 대기 반 시진.

천수평으로 복귀하는 태활궁사들이 천소로에 보이기 시작했다. 가장 앞선 조는 태활오궁 이관독이 이끄는 수색오조이다.

장건은 격발의 자세를 유지하며 현장을 주시했다. 암습 저격에 능한 표적이었다. 그 표적을 저격하자면 단 한순간도 집중력을 흩트려서는 안 된다.

'저격수를 잡는 저격술이야. 표적의 위치 포착과 동시에 활을 쏘아야 돼.'

수색오조가 천소로를 지나갈 동안 표적의 공격은 없었다. 그로부터 한식경 후에 수색삼조가 다시 천소로를 지나갔지만 표적은 여전히 출현하지 않았다.

삼조에 이어 수색이조가 천소로를 지나갈 때였다.

천소로 중간 지점에서 이조 궁사들이 행보를 멈추었다. 걸음을 멈춘 이유는 궁사들의 전방에서 갑자기 날짐승들이 날아들었기 때문이다.

산에서 날짐승을 목격하는 것은 흔한 일이다. 가볍게 넘겨도 될 사안이지만 이 순간 장건은 초긴장된 심정으로 현장을 주목했다.

'의심스러운 현상이야. 궁사들의 움직임을 정지시키고자

누군가 천소로 전방에 날짐승들을 가두어 두었다가 풀어주었을 가능성이 있어.'

장건은 장포궁의 조준구(照準具)를 통해 날짐승이 날아든 지점을 살펴봤다. 저격수의 은신처가 될 만한 의심스런 곳은 딱히 포착되지 않았다.

'저곳은 저격 장소가 아냐. 잠복하기에도 마땅치 않고 저격 후에 도주할 곳도 없어. 그렇다면 날짐승들은 어떻게? 아!'

한 가지 가능성이 장건의 뇌리를 스쳐 갔다. 저격수의 손으로 직접 날짐승들을 풀어주지 않아도 된다. 날짐승들을 가두어 두었다면 먼 곳에서 활을 쏘아 그곳의 고리를 끊어내면 된다.

'저격수의 위치는?'

장건은 상대 저격수의 입장이 되어 활을 쏘기 적당한 장소를 찾아봤다.

맞은편 협곡 앞의 구릉지가 첫눈에 들어온다. 거기까지 거리는 대략 이십오 장. 구릉지 뒤편으로는 죽림이 길게 형성되어 있는데 구릉지의 면적이 상당하기에 표적의 잠복지는 아직 정확히 파악할 수 없다.

'성급하게 대처하면 안 돼. 저격은 인내의 싸움이야. 놈이 저곳에 숨어 있다면 곧 행동에 나설 거야.'

장건에게 궁사들의 안위는 그다지 중요하지 않았다. 놈의 정확한 위치를 알아내려면 누군가가 희생되어야만 했다. 알고 보면 추강적도 아군의 희생을 감안하고 이런 작전을 하달했다.

표적의 저격을 기다리는 긴장된 시간이 흐른다. 장건은 격발의 시위를 반쯤 당겨 놓은 상태에서 맞은편 협곡의 구릉지 일대를 집중적으로 주시했다.

슝!

구릉지 지역에서 쇠뇌전 한 발이 천소로를 향해 날아갔다.

궁사 한 명이 쇠뇌전에 꽂혀 바닥에 쓰러진다.

수색이조 궁사들이 저격이라고 소리치며 사방으로 흩어진다.

'저기!'

장건은 내심 쾌재를 불렀다.

저격 장소를 사전에 주시한 덕분에 쇠뇌전이 날아온 위치를 정확히 찾아냈다. 표적은 현재 구릉지 우측 가장자리에 잠복해 있었다. 나뭇잎으로 위장했지만 장건의 눈을 속일 수는 없었다.

장건은 장포궁을 그곳으로 조준했다.

거리 이십오 장.

그의 최대 사거리 기록을 깨는 장거리 표적이지만 이 순간 장건은 표적을 명중시킬 자신이 있었다. 표적지와 눈을 일직선으로 두고 호흡을 멈춘다. 내공을 일으킨 상태에서 시위를 바짝 당긴다.

"지금!"

푸아앙!

장포궁이 발사됐다.

장포화살은 이십오 장 거리를 단박에 날아가서 표적지에 꽂혔다. 위력이 워낙 강해서 장포화살은 명중 즉시 표적지의 낙엽 위장막을 통째로 날려 버렸다.

"어?"

반전의 상황이다.

표적지를 확인한 장건은 인상을 와락 구겼다. 표적지에 사람이 없었다. 다시 말해 낙엽 무더기는 위장이 아니었다는 것이다.

"하면 놈은? 쇠뇌전은 어디에서?"

장건은 당황한 심정으로 장포궁을 다시 구릉지 일대로 조준했다.

바로 그때 표적지의 후방, 죽림 속에서 무언가가 번쩍했다. 이게 무엇을 뜻하는지는 본능적으로 안다. 장건은 조준 자세 그대로 얼어붙었다.

'저, 저격에 걸렸어!'

죽림까지 거리 삼십 장.

슈—우——우——우———웅!

장건의 저격보다 사정거리가 더 먼 곳에서 쇠뇌전이 날아온다.

픽!

장건의 이마에 쇠뇌전이 정확히 꽂혔다.

삼십 장 거리의 표적을 일발에 명중시킨 저격 궁술.

장건은 의식을 잃기 직전, 놀라운 궁술을 선보인 표적의 모습을 장포궁의 조준구로 살펴봤다.

석궁 사격을 끝낸 표적은 이 순간 장건을 향해 엄지를 아래로 내리고 있었다.

저격수를 잡는 저격.

그것에 당한 것은 바로 '당신'이라는 의미이다.

"멋, 멋지군."

장건은 감탄사를 흘린 것을 끝으로 눈을 감았다.

＊　　　＊　　　＊

장거리 저격수, 장건이 죽고 난 후로 천룡산은 어둠에 물들었다. 어둠은 인체를 가린다. 태활금의 궁사들은 암중의 저격으로부터 한숨을 돌렸다고 안도했지만 그것은 완전히 잘못된 생각이었다.

이 밤, 표적은 어둠 속을 돌아다니며 석궁을 무섭게 쏘아댔다. 쇠뇌전 한 발에 한 명씩. 저격을 함에 표적은 한 발도 헛되이 소비하지 않았다. 궁사들은 이 과정에서 어떤 반격도 하지 못했다. 표적의 위치는커녕 화살이 날아오는 방향조차 파악할 수 없었다.

궁사들이 판단하기에 표적의 궁술은 거의 궁마 수준이었다. 무림의 궁술에는 전부 다섯 분야가 있는데 보통의 궁사들은 한 가지 궁술 분야를 주력해서 수련한다. 그런데 표적은 태활금의 궁사들을 저격함에 속사와 강궁, 장거리 저격술을 자유롭게 구사했다. 여기까지만 해도 무림의 상식을 깨는 일인데 표적은 그 능력에 덧보태어 잠복지를 도무지 찾아낼 수 없는 고도의 은신술까지 갖추었다.

궁사들에게 이런 적은 난생처음이었다. 아닌 말로 상대가 눈에 보여야 공격을 하든 방어를 하든 무언가를 할 수 있지 않겠는가. 저격수의 만찬이 되어버린 이 밤, 궁사들은 어서 날이 밝기만을 바랄 뿐이다.

이윽고 밤의 시간이 지나고 새날이 밝았다.

결과는 예상대로 참혹했다.

인원 파악을 해보니 생존 궁사가 육십 명도 채 되지 않았다. 희생자 중에는 태활오궁 이관독과 태활육궁 왕인도 있었다. 이전에 죽은 목예단, 장건, 막소사, 강우작 등을 포함하면 현재 시점에서 태활십궁의 절반 이상이 죽었다. 태활금이 몰락에 가까울 정도로 피해를 당하였다고 할 수 있다.

"말도 안 돼. 고작 한 놈에게……."

태활일궁 추강적은 불신의 심정으로 육추성에게 결과를 보고했다.

육추성 또한 이 결과에 얼굴이 누렇게 굳을 정도로 충격을 받았다.

"주공, 태활금으로 돌아가야 합니다. 놈은 산활금의 궁술 이외에 최고 수준의 은신술까지 성취한 것으로 추정됩니다. 총단으로 돌아간 후에 대대적인 공격 전술로 놈을 상대해야 합니다."

추강적의 주장은 산축금낭의 대활 법칙에 얽매이지 말고 전투 무기를 총동원하여 집단전투에 나서자는 것이었다. 일리는 있었다. 보이지 않는 표적을 상대로 대활 사용만을 고집하면 아군의 희생만 늘어날 뿐이었다.

"아니, 이대로는 돌아가지 않는다. 놈이 죽든 내가 죽든 오늘 이곳에서 완전히 끝을 보겠다."

육추성은 추강적의 건의를 무시했다.

추강적과 다르게 육추성은 한 문파의 수장이었다. 수장의 말과 행동에는 책임이 따른다. 그는 태원인들 앞에서 산축금낭을 공개적으로 선언했다. 태원인들이 오늘의 결과를 눈 뜨고 지켜보고 있거늘 이제 와서 그가 산축금낭의 대활 법칙을 깨뜨릴 수는 없었다. 만약 그렇게 해버린다면 그의 무림 명예는 땅에 떨어질 것이고, 그건 곧 태활금주로서 태원에서 더는 권위를 내세우지 못한다는 뜻과 같았다.

"현 시각부터 일반인들의 천룡산 진입을 허용한다. 산축금낭에 참관한 태원인들을 모두 천수평에 들어오게 하라. 태원인들이 지켜보는 공개적인 자리에서 놈과 정면 승부를 하겠다. 놈이 조민이든 조민의 제자이든 최종 목표는 어차피 바로나다. 놈이 산활금의 복수를 원한다면, 대활오시쟁위전을 회피하지 않을 것이다."

대활오시쟁위전.

산축금낭에서 승자가 나오지 않을 경우 최종적으로 펼쳐지는 궁사 대 궁사의 일대일 승부다. 짧게는 대활오쟁이라고 부르는데 승부 방식은 간단하다.

천수평 안에는 생사교(生死橋)라고 불리는 석조 교량이 하나 있다. 하천을 건너가는 용도가 아닌 관람 목적으로 만든 것인데 다리의 너비는 삼 장이고 길이는 이십 장 정도이다. 대활오쟁에 나선 궁사들은 바로 이곳, 생사교에 올라 이십 장 거리를 두고 마주 선다. 그런 다음 서로를 향해 전진하며 활을 쏜다. 화살은 오직 다섯 발만 날릴 수 있으며 다섯 발을 전부 쏘아도 승부가 나지 않는다면 그땐 무승부로 인정된다. 대활 승부를 함에 다리를 벗어나거나 활 이외에 다른 병기를 사용하면 그 즉시 패배로 처리된다.

오늘의 대활오쟁이 전날의 대활 승부와 다른 점이 있다면 무승부가 배제된, 반드시 피를 봐야만 끝이 나는 승부라는 것이다.

"알겠습니다. 주공의 뜻을 받들겠습니다."

추강적은 육추성의 결단에 반대하지 않았다. 생각해 보면 대활오쟁은 암중의 표적을 양지로 끌어낼 수 있는 유일한 방법이었다. 그리고 무엇보다 태활금주의 모든 것을 내려놓고 궁사의 자격으로만 승부에 나서려고 하는 육추성의 결정을 존중해 주어야 했다.

# 7장

대활오쟁

천룡산 봉쇄 해제 한 시진.

쌍두바위 앞에 모여 있던 사람들이 천수평 안으로 들어왔다. 숫자는 전날보다 훨씬 더 많았다. 산축금낭이 다시 벌어졌다는 소식에 태원인들뿐만이 아닌 산서의 다른 도시에서도 사람들이 많이 몰려온 것이다.

천룡산 봉쇄를 해제할 당시 태활금은 육추성이 대활오쟁에 직접 나선다고 발표했다. 그래서 사람들은 현재 생사교 주변에 압도적으로 몰려 있었는데 현장의 분위기는 다소 의외였다. 무림 명성으로 보나 실력으로 보나 육추성이 당연히 주목을 받아야 하거늘 현재 사람들의 관심사는 육추성이 아닌 그 상대자인 의문의 궁사에 맞추어져 있었다.

단신으로 천룡산에 뛰어들어 산축금낭 하루 만에 태활백 궁들의 사냥 의지를 꺾어버린 사내.

그 사내의 정체를 두고 여러 말이 떠돌았다. 누군가는 그 사내를 조민 본인이라고 주장했고, 또 다른 이는 조민이 비밀리에 키워낸 제자라고 주장했다.

조민이든 조민이 아니든 대다수 사람이 공통적으로 인식하는 한 가지 사실은 그 사내가 산활금과 깊은 연을 맺고 있다는 것이었다. 정당한 승부는 결과에 상관없이 대중을 열광케 한다. 사람들은 오늘의 이 승부가 궁가의 역사에 남을 명승부가 되리라 믿어 의심치 않았다.

"궁가의 명예로운 승부? 하! 이걸 대체 어떻게 받아들여야 하지? 자객의 청부가 언제부터 명예로운 승부가 되었다는 거야?"

워낙에 사람들이 많고 또 다양한 의견이 표출되는 터라 오늘의 승부를 부정적으로 바라보는 이들도 있었다. 소유진도 그중의 하나였다.

"난, 대활오쟁에 나선 궁마의 결정도 이해할 수 없고, 이렇게 궁마와 정면 대결을 벌이려는 야랑의 의도도 이해할 수 없어. 양 대주는 어떻게 생각해?"

소유진의 옆자리에는 양소가 있었다. 양소는 생사교에 오른 궁마의 모습을 주시하고 있을 뿐 소유진의 물음에 선뜻 답을 하지 않았다.

"궁마는 궁사이기 이전에 태원의 패권을 움켜잡은 문파의 수장이야. 자객의 칼이 그를 노리고 있거늘 이렇게 함부로 자객의 눈앞에 나선다는 것은 수장으로서 책임을 다하고 있는 모습이 아냐. 대활오쟁의 승부 방식이 아니더라도 자객을 처리할 방법은 얼마든지 있어. 내 보기에 궁마는 여러 가지 대응책 중에서 가장 하책을 사용하고 있어. 안 그래, 양 대주?"

소유진의 이번 물음에는 양소가 대답을 했다.

"반대로 생각할 수도 있겠지요. 지역의 수장이기 이전에 궁마 또한 궁가인의 한 사람입니다. 실리보다 명예를 선택했을 수도 있겠지요."

양소의 주장에도 설득력이 있다. 소유진은 반박을 못하고 야랑에 관한 사안으로 말을 돌렸다.

"야랑의 의도는 더 이해하지 못하겠어. 궁마를 상대로 정면 승부가 가당키나 해? 이건 아무리 생각해 봐도 자살행위야. 야랑이 생사교로 나온다면 난 정말 실망하게 될 거야."

소유진은 말을 마치며 양소를 빤히 응시했다. 양소의 생각을 묻고 있는 것이다.

양소는 어렵지 않게 대답했다.

"야랑은 생사교로 나올 것입니다. 추측하건대 야랑은 대활 오쟁까지 계산에 넣고 산축금낭에 임했을 것입니다."

"양 대주의 주장엔 허점이 있어. 야랑이 그렇게 하려고 했다면 궁마를 잡을 수 있는 무력을 애초에 소유하고 있어야 돼. 양 대주도 단언했듯 야랑에겐 그런 무력이 없어. 하물며 이건 공개적인 장소에 펼쳐지는 대활 승부야. 정면 대결로는 야랑이 승리할 어떤 가능성도 없어."

"야랑은 자객입니다. 자객의 행위에 명예 같은 것은 없습니다. 궁마를 상대로 정당한 승부를 펼칠 이유가 없지 않겠습니까."

양소의 말이 의미심장하다. 소유진은 대화를 잠시 중단하고 양소의 말뜻을 음미해 봤다. 생각해 보면 야랑의 청부 진행에서 하나의 사안만큼은 큰 성과를 이루어냈다고 인정을 해야 한다. 궁마를 태활금 밖으로 나오게 했다는 점이다.

천기당의 모사들은 궁마가 태활금에 머물 경우 청부 성공 확률이 일 할도 되지 않는다고 판단했다. 그렇다고 궁마를 태활금 밖으로 나오게 할 뾰쪽한 수단도 제시하지 못했다. 그런데 야랑은 청부 수행 보름도 되지 않았건만 태활금 밖에서 궁마를 직접 상대할 상황을 만들어냈다. 만약 이런 상황을 야랑이 의도적으로 유도해 낸 것이라면 청부의 성공 유무를 떠나서 감탄을 하지 않을 수가 없었다.

"소저께선 야랑의 청부 성공에 의문을 가지신 모양인데 그렇다면 저랑 내기를 할까요?"

"내기? 무슨 내기?"

갑작스런 내기 거론에 그녀는 양소를 힐끗 흘겨봤다.

"어찌 됐든 오랜만에 개최된 대활오쟁인데 관전자의 입장에서 관심을 두고 지켜봐야 하지 않겠습니까. 궁마를 상대로 야랑의 승리 확률이 없다고 소저께서 주장하시니 소저께선 오늘의 승자로 궁마를 선택하십시오. 저는 야랑을 승자로 선택하겠습니다. 내기에서 제가 질 경우 삼환창을 소저에게 드리겠습니다."

삼환창은 양소의 애병이자, 양가장을 대표하는 무림 병기이다. 그만큼 양소는 이 승부에서 야랑의 승리를 확신한다는 뜻이다.

그녀는 양소의 제안에 대해 잠간 생각해 보곤 고개를 저었다.

"선택의 우선권을 준 것은 고마운 일이지만 그렇게 해서는 내기가 성립되지 않아. 나도 야랑을 선택할 거니까 말이야."

그녀의 선택은 그간의 주장과 상반된다.

양소는 실소를 흘려냈고, 그녀는 이런 양소를 쳐다보며 역으로 제안했다.

"굳이 내기를 하려면 양 대주가 궁마를 선택해. 난 야랑에게 걸겠어. 내기의 담보는 내 몸이야. 내기에서 지면 내 기꺼이 여인으로서 양 대주에게 하룻밤을 봉사하지."

양소는 가타부타 답을 하지 못했다. 내기를 떠나서 여인의 몸을 물품으로 내걸었다는 것이 이해가 잘 되지 않는다.

"보아하니 양 대주도 선택을 바꿀 생각이 없나 보군. 하면 우리 같은 사람을 응원하는 입장에서 오늘의 승부를 지켜볼까?"

그녀가 사안을 정리하고 생사교로 시선을 돌렸다. 양소 역시도 다른 말을 할 것이 없기에 생사교로 눈을 맞추었다. 야랑은 아직 생사교에 도착하지 않았다. 육추성의 모습만 보이고 있었다.

육추성이 생사교에 대기한 지 두 시진. 다소 지루했던 현장 상황에 변화가 일어났다. 육추성의 맞은편 생사교 인근에 모여 있던 사람들이 웅성거린다 싶더니 양쪽으로 갈라져 중앙에 길을 내었다. 잠시 후 그곳을 통해 석궁을 소지한 장발의 사내가 생사교로 올라왔다.

생사교에 오른 사내는 관중의 주목 아래 육추성을 정면으로 마주보고 섰다. 승부를 앞두고 긴장하는 모습은 일절 없었다. 사람들의 집중된 시선조차 부담이 안 되는 듯 사내는 어떤 감정도 얼굴에 표출하지 않았다.

대활오쟁은 공개적인 승부이다. 공정한 승부를 위해 심사관이 있어야 한다.

태활일궁 추강적이 대활오쟁의 심사관으로서 생사교의 중간 지점에 올라와 말했다.

"대활오쟁은 궁사의 명예로운 승부입니다. 승패가 어떻게 갈리든 결과에 승복해야 하며 아울러 패자는 이 결과에 어떠한 원한도 품지 말아야 합니다. 만약 결과에 승복하지 않거나 대활오쟁의 법칙에 어긋나는 방식으로 승부를 한다면 궁사의 자격이 그 즉시 박탈됨은 물론 궁인들의 준엄한 심판을 받게 될 것입니다. 동의합니까?"

대답은 말이 아닌 행동으로 표현됐다. 육추성과 사내는 각각 다섯 자루의 화살과 쇠뇌전만 소지하고 나머지 화살을 전부 다리 아래로 내던졌다.

잠시 후 추강적이 생사교에서 내려왔다. 육추성을 응원하는 심정은 당연하지만 그렇다고 승부에 영향을 끼치는 암습은 시도조차 하지 않는다. 대활오쟁은 생사교에 오른 궁사들간의 승부이다. 승부의 과정이 정밀히 기록되며, 그 기록은 또한 궁가의 명예로운 역사로 남는다.

육추성이 이채궁의 시위에 화살 한 발을 걸며 말했다.

"너의 모습에선 내가 알고 있던 조민의 흔적이 없다. 조민의 제자인 거냐?"

"……."

사내는 대답 대신 쇠뇌전 다섯 발을 석궁에 묵묵히 장착했다.

"하기야 정체가 중요한 것은 아니지. 넌 이미 내가 베풀 관용의 선을 넘어버린 죄를 저질렀으니까."

육추성의 말이 이어지는 가운데 사내가 쇠뇌전 장착을 끝냈다. 특이한 점이 있다면 쇠뇌전 다섯 발을 삼중의 시위에 나누어 걸었는데 일선의 쇠뇌전과 이선의 쇠뇌전 이외에 나머지 세 발의 쇠뇌전을 삼선의 시위에 전부 장착했다는 것이다.

육추성이 석궁에 장착된 쇠뇌전을 주시하며 말했다.

"칠채궁은 일반적인 석궁과 다르게 시위 장치가 삼중으로 되어 있지. 일시위로는 속사 전용의 속뇌전을 쏘고 이시위로는 강뇌전을 날리는데 그중 삼시위는 장뇌전, 장거리 저격과 더불어 최대 일곱 발을 쏘는 다연발 사격에 병행되어 사용되지."

승부를 앞둔 육추성은 상대를 얕보고 있다고 느껴질 정도로 여유롭게 대처했다. 고수는 적과 대면하면 승패를 직감한다. 변수가 배제된 상태에서 그와 맞싸울 사내의 무력에 대해 판단이 끝났다는 것을 의미한다.

이윽고 장발의 사내가 장전이 완료된 석궁을 궁마에게 겨누었다. 육추성에게 조준된 것은 삼선의 시위에 걸린 쇠뇌전. 육추성은 사내의 조준 자세를 지켜보는 것만으로도 무엇이 날아올지 알아냈다.

"호오, 장뇌연발전을 먼저 사용하시겠다? 과연 그게 효력이 있을까?"

사내의 응답은 말이 아닌 즉각적인 격발이다.

슝! 슝! 슝!

쇠뇌전 세 발이 동시에 발사되어 궁마에게 날아갔다.

"흥! 본좌를 졸로 보는구나!"

육추성은 수비가 아닌 공격으로 맞대응했다. 활시위를 당겨 비파를 퉁기듯 가볍게 화살을 날린다. 격발의 동작이 간단했지만 그 위력은 절대로 약하지 않았다.

과아아아아앙!

굉음을 울리며 날아가는 회전 화살.

태활천뢰멸시공 중 화살의 속도가 가장 빠르다는 공뢰시이다.

공뢰시와 쇠뇌전이 공간 한 지점에서 순간적으로 뒤섞였다. 마주 보며 쏘았던 탓도 있지만 근본적인 이유는 공뢰시의 회전 압력이 너무 강해 쇠뇌전이 전부 딸려왔다고 해야 한다.

투투둑!

공뢰시는 충돌과 동시에 사내의 쇠뇌전 세 발을 생사교 밖으로 퉁겨 버렸다. 이 정도만 해도 엄청난 위력이건만 공뢰시는 거기에서 그치지 않고 더욱 빠르게 회전하며 사내를 향해 계속 날아갔다.

사내와의 거리 삼 보!

직진하던 공뢰시가 갑자기 수직으로 진행 방향을 바꾸어 바닥에 박혔다.

쿠아아앙!

석조 바닥이 유성에 직격된 것처럼 원형으로 함몰됐다. 충격파도 실로 대단해 사내는 몸을 휘청거리며 물러나 한 무릎을 바닥에 꿇었다.

진행 방향이 갑자기 바뀐 화살이다. 육추성이 두 번째 화살을 시위에 걸며 좀 전의 현상에 대해 설명했다.

"우리 애들을 저격한 너의 석궁 실력은 인정해 주지만 그 정도로는 나에게 어떠한 위협도 줄 수 없다. 무림 궁사의 진정한 능력은 기계 장치에 의존한 잔재주가 아닌 내력 대활술에서 나온다. 바로 이것처럼."

육추성은 말을 끝내며 두 번째 화살을 날렸다. 태활천뢰멸시공 중의 천뢰시이다. 의아스럽다면 사내를 조준해서 날린 것이 아닌 머리 위의 하늘 방향으로 천뢰시를 쏘았다는 것이다.

슈우우우우웅!

하늘로 높이 날아간 천뢰시는 어느 순간 유기체처럼 지상의 생사교로 진행 방향을 바꾸었다. 화살의 진행 방향을 이렇게 궁사가 마음먹은 대로 바꿀 수 있다면 그건 곧 내력 대활술의 최고 경지, 검사의 이기어검술에 준하는 이기어시라고 해야 한다.

천뢰시의 최종 표적은 생사교의 사내.

천뢰시는 공간을 찢어발기는 굉음과 함께 사내의 머리로 떨어졌다.

콰아앙!

천뢰시의 직격에 생사교가 뒤흔들렸다. 다행히 천뢰시가 꽂힌 지점에 사내는 없었다. 사내는 천뢰시가 생사교로 떨어지던 순간 앞구르기를 하여 천뢰시의 직격을 아슬아슬하게 피해냈다.

앞구르기를 끝낸 사내는 한 무릎을 꿇은 자세에서 고개를 들어 궁마를 노려봤다. 궁마는 이 순간 세 번째 화살, 멸뢰시를 시위에 걸고 있었다. 멸뢰시는 태활천뢰멸시공 중에서 파괴력이 가장 강하다. 파괴력을 수치로 따져 보면 천뢰시의 두 배, 공뢰시의 세 배라고 할 수 있다.

쿠쿠쿠쿠!

승부를 함에 사내에게 위험이 되는 요소는 또 있었다. 사내의 등 뒤로 다리가 무너지기 시작했다. 조금 전에 날아왔던 천뢰시의 직격 여파인데 머뭇거리면 나머지 쇠뇌전을 날려보지도 못하고 다리에서 추락하게 된다. 대응 수단은 이제 하나이다. 사내는 벌떡 일어나 석궁을 조준한 자세로 육추성을 향해 달려갔다.

이십 장…… 십팔 장…… 십오 장…….

육추성이 현 위치를 고수했기에 서로의 거리는 순식간에 좁혀졌다. 상대 거리가 십 장으로 좁혀지자 사내가 달려가는 동작에서 쇠뇌전을 강하게 쏘았다.

이선의 석궁 시위에 장착된 쇠뇌전.

인체 둘을 뚫고 강우작을 저격했던 바로 그 강뇌전이다.

"흥! 강뇌전으로 본좌를 어찌해 볼 수는 없다!"

강뇌전이 격발된 것과 동시에 육추성이 멸뢰시를 쏘았다. 멸뢰시와 강뇌전이 진행 공간을 스쳐가는 과정에서 화탄을 터뜨린 것 같은 폭발이 일어났다. 생사교가 또다시 뒤흔들렸고 폭발의 교량 파편이 생사교 아래의 관중들을 향해 우박처럼 쏟아졌다.

"아아!"

생사교의 승부를 지켜본 사람들이 이 순간 안타까운 음성을 토해냈다. 승패가 갈렸다. 강뇌전은 흔적도 남아 있지 않을 정도로 박살이 났는 데 반해 멸뢰시는 사내의 어깨 부근에 박혀 있었다. 바위도 박살 낸다는 멸뢰시이다. 사내는 이제 제대로 서 있기조차 힘들 정도로 신체 상태가 엉망이 되었을 것이다.

"응?"

"저, 저럴 수가?"

그렇게 승패가 갈렸다고 모두가 판단했던 순간 반전의 상황이 일어났다.

멸뢰시에 명중되었음에도 사내의 돌진 동작이 중단되지 않았다. 관중들은 깜짝 놀랐고, 육추성은 인상을 와락 구겼다. 이게 가능한 일인가. 사내의 신체는 인간의 육질이 아니란 말인가.

이유는 곧 밝혀졌다. 사내의 전진 과정에서 멸뢰시가 바닥으로 떨어졌다. 그러니까 멸뢰시에 명중된 것이 아닌 겨드랑이 사이로 멸뢰시를 잡아냈다는 것이다. 그 과정에서 살이 찢겨 나가는 지독한 고통을 사내가 참아낸 것은 별도로 논할 일이다.

"잔재주를!"

육추성이 발끈한 얼굴로 이채궁을 세워 들었다. 시위에는 태활천뢰멸시공의 다섯 번째 화살, 화뢰시가 걸려 있다.

화뢰시는 표적을 완전히 말살시키고자 할 때 사용되는 화살인데 명중되면 엄청난 온도로 발화(發火)된다. 불지옥의 형

벌이라고 하여 염라시라고 불리기도 한다.

육추성이 화뢰시를 준비하던 잠깐 사이에 상대 거리가 이십 보로 좁혀졌다. 이제는 서로의 표정이 확연히 보일 만큼 거리가 가깝다. 육추성이 본 사내의 얼굴에선 여전히 감정의 자국이 보이지 않았다. 사내는 이 순간 마치 기계가 되듯 무표정한 얼굴로 육추성을 향해 달려오고 있었다.

"감히!"

사내의 이런 모습이 육추성의 심정을 자극시켰다. 천하인들을 덜덜 떨게 만드는 사중십마의 일인이다. 궁마를 상대함에 두려운 감정은 둘째 치고 긴장하는 감정 정도는 표현을 해야 하지 않겠는가.

"놈! 확실히 태워주마!"

육추성은 이채궁의 시위를 당겨 표적을 조준했다.

생사교의 폭은 삼 장에 불과하다. 그런 곳에서 움직이는 근거리 표적이기에 화뢰시가 격발되면 무조건 명중이라고 봐야 한다. 그런데 이 순간 다시 한 번 관중들을 깜짝 놀라게 하는 현상이 발생했다.

화뢰시가 발사되기 바로 직전, 사내의 신체가 돌연 좌우로 펼쳐졌다. 돌진 과정 중에서 일어난 현상이기에 순간적으로 사내의 신체가 셋으로 분화된 것 같은 착시가 일어났다.

'놈은?'

사내의 진짜 모습을 찾고자 육추성이 집중을 다했지만 파악은 쉽지 않았다. 무엇보다 시간이 부족했다. 사내의 신법은 달릴수록 빨라졌기에 상대 거리가 이제 십 보도 채 되지 않았다.

'눈속임! 놈은 원래의 위치에 그대로 있어!'

육추성은 중앙에 있는 사내를 표적으로 화뢰시를 날렸다. 사내 역시도 이 순간 마지막 쇠뇌전, 속뇌전을 육추성에게 쏘았다. 신형 셋이 동시에 같은 모습으로 움직이기에 흡사 세 사람이 쇠뇌전을 쏘는 것처럼 보였다.

팟!

픽!

화뢰시와 속뇌전이 동시에 육추성과 사내의 몸에 명중되었다. 화뢰시는 사내의 가슴을 정확히 관통했고 속뇌전은 육추성의 어깨에 박혔다.

외형상의 결과로 보면 육추성이 승리한 것 같지만 실제는 그렇지 못했다. 화뢰시는 표적을 불태운다. 화뢰시의 표적이 진상이었다면 관통이 아닌 불에 타오르는 모습으로 변했을 것이다.

무엇보다 화뢰시의 허상 관통을 증명하는 것은 사내의 움직임이다. 사내는 화뢰시에 관통된 후에도 변함없이 육추성을 향해 달려가고 있었다.

이젠 상대 거리가 겨우 삼 보이다. 육추성은 곤혹한 음성을 흘려냈다. 대활 승부에서 대박은 허용되지 않는다. 이렇게 가까이 다가와 무엇을 어찌하겠다는 것인가.

"갈!"

육추성은 이채궁의 끝을 잡고 칼처럼 휘둘렀다. 공격의 목적이 아닌, 사내와의 육체 충돌을 막는 방어적 차원의 수단이다.

후우웅!

이채궁이 공간을 허무히 갈랐다. 상대를 눈앞에 두고 이채궁을 휘둘렀건만 그것조차 사내의 진상이 아니었다. 이 순간 사내는 펼쳐진 신형의 모습 그대로 육추성을 지나가 버렸다.

"!"

이채궁을 휘둘렀던 육추성은 선 자세 그대로 동작을 멈추었다. 사내의 위치가 후방이다. 달아날 목적이 아니었다면 지금 시점에서 신법을 멈추고 그의 뒤를 노리고 있을 것이다.

아니나 다를까 육추성의 등 뒤에서 경고의 음성이 들려왔다.

"움직이지 마. 손만 까닥거려도 그 즉시 당신의 머리가 박살이 날 거야."

후방이 잡힌 상황임에도 육추성은 그다지 긴장하지 않았다. 태활천뢰멸시공 중에는 등 뒤의 적을 명중시킬 수 있는 화살이 있었다. 그리고 그것이 아니더라도 그가 후방의 적을 염려하지 않아도 되는 확실한 이유가 있었다.

육추성이 말했다.

"이거 어떡하지? 너의 경고가 내겐 전혀 위협적으로 들리지 않으니 말이야."

"……."

"넌 이미 다섯 발의 쇠뇌전을 전부 사용했다. 그런 처지에서 무엇으로 내 머리를 날린다는 거지?"

육추성의 주장이 맞다. 사내는 현 위치까지 오는 동안 다섯 발의 쇠뇌전을 전부 소진했다.

사내가 답하지 못하자 육추성은 전방을 바라보는 자세에서 이채궁을 세워 들었다.

"내겐 아직 화살 한 발이 남아 있지. 회선시라고 불리는 것인데 너에겐 아마 잊지 못할 경험이 될 거야."

말을 끝낸 육추성은 전방으로 회선시를 쏘았다. 생사교 끝편으로 날아간 회선시는 그곳에서 진로를 바꾸어 육추성을 향해 곧장 날아왔다. 최종 표적은 육추성의 후방에 위치한 사내이다.

사내의 음성이 다시 들려왔다.

"사람 말을 믿지 않는군. 난 분명 경고했어. 지옥에 가서 날 원망하지 마."

푸아앙!

사내의 말의 끝남과 동시에 무언가가 발사됐다.

육추성은 순간 머리를 움찔했다. 뒷머리가 어떤 물체에 타격됐다. 정확히는 머리에 무언가가 박혔다고 해야 한다.

위력도 상당해 회선시의 조종이 중단될 정도로 뇌에 큰 충격이 있다. 그러나 이 순간의 감정은 고통보다 의문이 우선이다.

육추성은 그제서야 등을 돌려 사내를 쳐다봤다.

"어떻게? 쇠뇌전을 분명 다 사용했거늘……."

"쇠뇌전은 당연히 아니지. 당신의 머리에 박힌 건 이것이지."

사내가 육추성을 응시하며 오른손을 들었다. 오른손에는 묵색의 총통이 있었다. 너무나 유명한 무기이기에 육추성은 그것의 정체를 바로 알아냈다.

"자모총!"

"다섯 발의 쇠뇌전은 미끼였어. 당신의 목숨을 끊을 무기로 내가 준비했던 것은 바로 이거야."

자모총통을 겨냥한 자세로 사내가 육추성을 향해 뚜벅뚜벅 걸어갔다.

육추성은 이때 사내의 다가섬을 보고도 아무런 대처를 못했다. 자모총통의 위력이 대단하긴 해도 한 발의 타격으로 내가 고수를 즉사시킬 수는 없다.

그래서 암암리에 내력을 일으켰건만 어찌된 일인지 손과 발이 전혀 움직여지지 않았다. 이유를 알아볼 시간은 없었다. 사내는 이미 그의 눈앞에 다다라 이마에 자모총통의 총신을 붙이고 있었다.

푸앙!

자모총통에서 두 번째 총환이 발사됐다. 이마에 접촉된 상태에서 쏜 직격탄이기에 총환은 육추성의 머리를 꿰뚫었다.

"으으으."

뇌에 구멍이 뚫렸음에도 육추성은 아직 죽지 않았다. 죽음의 시점을 늦춘 근원적인 힘은 분노에서 나온다. 대활오쟁의 승부 법칙을 사내가 지키지 않은 것이다.

육추성이 노한 음성을 토했다.

"궁사의 명예로운 대활 승부다! 산활금의 제자란 놈이 어찌 이런 비겁한 짓을 하느냐!"

"난 산활금의 후예가 아냐. 그러니 대활의 승부 법칙 같은 것은 내게 기대하지 마."

"으응?"

완전히 예상 밖인 사내의 말이다. 육추성은 떨떠름해진 얼굴로 물었다.

"산활금의 후예가 아니라니? 하면 넌, 넌 대체 누구냐?"

"내가 누구냐고?"

사내는 육추성의 입안에 자모총통의 총신을 쑤셔 넣었다. 그리곤 주저 없이 격발의 방아쇠를 당겼다. 피가 확 튀기며 육추성의 구강이 박살 났다. 사내는 그 모습을 무표정하게 쳐다보며 말했다.

"자객이지. 청부 실적 고작 두 건의 초보 자객."

*　　　*　　　*

생사교에서 자모총통의 총성이 울리자 관중은 아연실색했다. 대활오쟁은 궁사의 명예로운 대활 승부다. 도검은 물론이요, 대박전마저도 허용되지 않거늘 사내가 비겁하게 총통을 꺼내 들어 사용했다. 그것도 육추성의 등 뒤에서 자모총을 갈겼다. 역대의 대활오쟁에서 이와 비슷한 비열한 짓거리는 단한 차례도 벌어지지 않았다.

생사교 승부의 주관자들인 태활금은 당연히 즉각적으로 반응했다. 첫 번째 총성에선 관중들과 마찬가지로 아연실색한 감정 상태에 머물렀지만 두 번째 총성에선 태활일궁 추강적을 필두로 계급을 막론하고 일제히 생사교로 달려갔다.

그러나 그들이 생사교에 오르기 직전 세 번째 총성이 울렸고, 상황은 그것으로 끝나 버렸다. 자객은 다리에서 훌쩍 뛰어내려 어디론가 잠적해 버렸고 생사교엔 구강이 흉측하게 깨진 육추성의 사체만 남아 있었다.

사중천의 십마이자 태원의 지배자인 궁마가 죽었다. 그것도 수천 명이 주시하고 있는 공개적인 자리에서 암습을 당해 죽었다. 궁마란 존재가 진정 이렇게 삶을 마쳐도 되는 것인가. 생사교에 모인 태활금의 궁사들은 무엇을 어찌해야 될지 모르는 심정으로 그냥 멍하니 대기했다.

"놈을 어서 찾아! 지옥까지 추적해서라도 반드시 놈을 죽여야 돼!"

추강적이 추적을 하라고 길길이 날뛰었지만 궁사들은 그 명령도 바로 수행하지 않았다. 이미 잠적한 자객이었다.

천룡산의 닫힌 환경 속에서도 그림자조차 발견하지 못했거늘 천룡산 외부로 잠적한 자객을 무슨 재주로 찾아낼 수 있을까. 그리고 무엇보다 추적을 꺼리게 하는 점은 자객의 저격 능력이었다. 궁마 같은 초인도 당했거늘 일반 궁사가 무슨 능력으로 자객을 처단할 수 있단 말인가.

궁사 중의 일인이 현 심정을 솔직히 중얼댔다.

"자객의 소속이 지옥이야. 추적을 하면 지옥으로 떨어질 대상은 바로 우리가 될 거야."

＊　　　＊　　　＊

지옥에서 온 자객, 담사연은 저격 현장에서 멀리 달아났을 것이라는 일반적인 예상과 다르게 현 시각 관중 속에 있었다. 관중의 숫자가 수천 명에 이르렀다. 그가 생각하기로 태활금의 추적을 피하기에 이보다 더 안전한 장소는 없었다.

한편으로 생사교에 올랐던 자객의 모습은 지금의 그에게서 찾아볼 수 없었다. 허름한 마의 변복에 살결은 검고 머리칼은 반백의 가발이다. 남의 시선으로 보면 그는 영락없는 오십 대의 촌노였다.

그는 관중 속에서 자객의 행위를 비난하는 여론을 들었다. 비난을 들어먹는 당사자이지만 개의치 않았다. 그는 궁사가 아닌 자객으로서 생사교에 올랐고, 그 자객의 임무에 충실했다. 그러면 된 것이었다. 자객은 어차피 명예와는 담을 쌓는 부류였다. 정당한 승부로만 표적을 처리해야 한다면 애초에 자객이 고용되지 않았을 것이다.

시간이 흘러 관중들이 현장에서 하나둘 떠나기 시작했다. 태원인들이 압도적으로 많았기에 같은 방향으로 걷는 인파의 무리가 자연적으로 형성됐다. 그는 그들과 같이 걸어가며 상의 속에서 밀봉된 전서를 꺼냈다. 이추수가 보내준 전서인데 그 안엔 궁마의 죽음에 관한 글이 요약되어 있었다.

사연 님, 아래의 글은 궁마의 죽음에 관한 기록 중, 핵심 사안을 제가 추출해서 새로이 적은 것입니다. 기록의 원안 작성자는 태활일궁 추강적이며 그는 육추성 사망 열흘이 되던 날에 태활금 버의 태룡각에서 머리가 뽑혀 나간 시체로 발견되었습니다. 추강적의 죽음에 대해서는 후대에 남겨진 기록이 없습니다.

〈육추성 저격 칠대 사안〉

일(一). 자객의 첫 희생자는 태활이십칠궁 육끈이며 그다음의 희생자는 태활십궁 목예단이다.

이(二). 자객은 목예단을 죽이는 과정에서 자신이 산활금의 후예임을 의도적으로 태활금에 알린다.

삼(三). 자객은 궁마가 산축금낭을 회피할 수 없도록 일련의 작업을 한 후 스스로 천룡산에 들어간다.

사(四). 자객은 산축금낭에서 철저한 은신 저격전을 펼쳐 태활궁사들을 잘리도록 만든다. 결국 육추성 스스로 생사교에 나오게 만들어 일대일의 승부를 펼친다.

오(五). 대활오쟁에서 자객은 척궁의 쇠뇌진 게 발을 일찍 소진하여 육추성을 방심하게 만든다. 그리고 육추성이 여유를 부릴 때 남은 두 발의 쇠뇌전을 쏘며 육추성을 향해 돌진한다.

육(六). 자객의 목적은 육추성의 등 뒤에 위치하는 것. 그곳에 위치한 자객은 대활의 승부 법칙을 무시하고 자모총통을 쏘아 육추성을 저격한다.

칠(七). 육추성은 머리에 두 발, 입 속에 한 발, 모두 세 발의 총환을 맞고 사망한다. 저격 후에 자객은 곧바로 현장에서 잠적하는데 자객의 정체와 그 후의 행적은 강호에 알려지지 않는다.

"확실해. 의문의 여지가 없어."

전서를 읽어본 그는 후련한 심정을 표현해 냈다. 밀봉했던 전서를 이제 와서 보았던 까닭은 그의 인생이 이추수의 시대로 진짜 이어지는지 알아보기 위해서였다.

이추수와의 관계 설정에서 그간 그의 마음 한편에는 한 가닥 의심이 남아 있었다. 과거와 미래가 서로 연결되지 않는 다른 세상에서 이추수와 그가 살아갈 수 있다고도 생각한 것이다. 물론 지금은 그 의심을 완전히 지워냈다. 전서의 내용은 마치 그 자신이 작성한 것처럼 저격의 과정을 상세히 설명하고 있었다.

"만점은 아니야. 한 가지 중요한 사안이 누락됐어."

그는 의미심장한 미소를 지으며 전서를 품속에 다시 갈무리했다.

육추성을 저격함에 누락된 한 가지 사안.

후일, 이추수를 만나게 되는 날이 있다면 그때 직접 설명을 해줄 생각이었다.

**8장**

최강의 추적자들

"자객의 청부 완수를 축하해 줄 수만은 없군."

"왜 그렇지요?"

"야랑은 지금 우리를 엿 먹이고 있어."

육추성 사망 육 일. 조순이 동심맹 총단으로 소유진을 불러들여 상황을 보고받았다. 궁마의 저격에 관한 보고서는 이미 제출된 상태다. 조순은 제출된 문서를 보며 이것저것을 물었는데 그 과정에서 안색이 영 편치 않았다.

"야랑은 궁마를 저격함에 능광검을 배제하고 칠채궁과 자모총통만 사용했다. 이것은 다시 말해 사망탑의 조련 과정을 거치지 않더라도 청부를 수행할 능력이 있었다고 우리에게 항변하는 것과 같다."

옳고 그름을 떠나서 조순의 주장은 다분히 감정적이다. 소유진이 이 점을 짚어 에둘러 말했다.

"과정보다 결과를 중시하라고 저에게 가르쳤습니다. 능광검 사용은 자객이 청부를 수행함에 필수가 아닌 선택적 사안이었다고 저는 생각합니다."

"흠."

조순이 분서를 내려놓고 소유진을 진하게 응시했다. 심기가 상했다는 뜻인데 이런 감정 표현은 아주 잠깐이었다. 조순은 곧 굳은 안색을 풀며 말했다.

"그래, 너의 말이 맞다. 자객과의 악연 때문에 내가 좀 민감하게 반응한 것 같구나. 어찌 됐든 자객이 청부에 성공했으니 우리로선 만족을 해야겠지. 다만 그럼에도…… 야랑의 검공 수준을 확인하지 못했다는 것이 나는 영 꺼림칙하다."

조순은 이상하다 싶을 정도로 야랑의 능광검법에 집착하고 있었다. 평소의 조순은 이렇지 않다. 문제가 있는 사안이라면 우선적으로 해결점을 모색한 다음에 거론한다.

소유진이 조심스럽게 물었다.

"야랑의 사망탑 조련 과정에서 혹시 제가 모르는 사안이 있습니까?"

조순은 소유진의 물음에 바른 대답 대신 모호하게 말을 돌렸다.

"난 의심스럽다."

"의심이시라면?"

"사망탑의 보고에 의하면 야랑은 백일조련에서 능광검법을 삼성 수준으로 성취했다. 너도 알고 있듯 삼성의 능광검은 수련자의 정신을 극도로 황폐화시킨다. 허나 야랑은 강호로 나온 이후 삼성 성취의 부작용을 전혀 보이지 않고 있다. 왜 그는 다른 조련자들이 공통적으로 겪는 검공의 부작용을 보이지 않는가. 그의 인내력이 그토록 대단하단 말인가. 아니면 우리가 모르는 검공의 다른 성취가 있었다는 것인가?"

"……"

소유진이 공감의 표정을 드러냈다. 거론을 안 했을 뿐 그녀 역시도 조순과 같은 의문을 가슴에 담아두고 있었다.

"우리는 야랑의 검공 수준을 정확히 알아야 할 필요가 있다. 야랑은 두 번째 청부에서 오직 한 자루 검만을 소유하고 살행에 나서야 한다. 야랑의 검공 수준에 착오가 있다면 청부의 성공 여부를 떠나서 청부를 지시한 우리가 오히려 위험해질 수도 있다."

조순의 이어진 말에서 소유진은 미간을 살짝 찌푸렸다. 이해가 잘 안 되는 말이다. 청부의 최종 지시자는 조순과 매불림이다. 두 번째 청부 대상이 누구이기에 청부를 지시한 이들이 위험해진다는 것인가.

조순이 소유진의 표정 변화를 슬쩍 살펴보더니 안건을 바꾸어 물었다.

"자객을 뒤쫓아 가는 추적자들은 투입되었느냐?"

명확한 설명 없이 두 번이나 말을 돌렸다. 그녀로서는 조순의 이런 모습이 내심 상당히 불편하다. 믿지 못한다는 것. 제자나 다름없는 그녀에게도 조순은 청부에 관해서 진실을 감추고 있다.

"명하신 대로 은밀히 조치했습니다. 내일쯤이면 추적자들이 태원에 도착할 것입니다. 천기당의 무인들을 별도로 투입해서 야랑이 잠적한 곳을 알아볼까요?"

"아니, 그럴 필요 없다. 우리는 일정대로 열흘 후에 장안에서 자객과 접선한다."

"네, 알겠습니다."

상황 보고가 끝났다. 조순은 문서를 집무실의 보관함에 넣어놓고 그만 나가보라는 눈짓을 해 보였다.

소유진이 포권하고 집무실 입구로 걸어갔다.

"유진아."

집무실 입구에서 조순이 불렀다.

그녀가 뒤돌아 조순을 쳐다봤다.

"이번 일이 끝나면 내 자리를 너에게 물려줄 생각이다. 하니 매사에 실수가 없도록 철저히 단속해라."

"네, 스승님의 기대에 어긋나지 않도록 사안 처리에 전력을 기울이겠습니다."

공손한 대답을 끝으로 그녀가 집무실을 나갔다.

조순은 그 이후 한동안 침묵을 유지하다가 집무실 후문을 돌아보며 말했다.

"마기환의 중독 증세는 언제부터 나타나지?"

후문에서 중년인이 걸어 나왔다. 사망탑의 오교 왕위청이다.

"보통의 경우엔 보름 정도인데 인내력이 아주 강한 사람일 경우 한 달까지 버틸 수 있습니다."

"마기환의 중독을 극복했던 사람도 있는가?"

"불가능합니다. 마기환은 중독자의 혈맥으로 침투하는 약물이기에 어떠한 영약으로도 치유가 안 됩니다. 전례를 돌아봐도 중독자 중에서 마기환의 증세를 치유했던 사람이 없습니다."

"으음."

조순이 눈살을 찌푸렸다. 왕위청의 설명 중에 그를 상당히 불편케 하는 말이 있었다.

"불가능하다는 말. 내 앞에서 다시는 하지 마. 야랑은 이미 나를 두 번이나 바보로 만들었어. 자, 다시 묻겠어. 마기환의 중독을 극복할 방법은 뭐가 있지."

왕위청이 식은땀을 이마에 흘려냈다. 억지로라도 물음에 맞는 대답을 만들어내야 한다.

"굳이 찾자면 두 가지 방법 정도는 있겠습니다. 첫째는 마기환의 독기를 노화순청의 경지에 이른 내공으로 태워 버리는 것입니다. 그리고 두 번째는 전설 속에서나 나오는 만년설삼을 복용한 다음 다른 이의 피를 뽑아내어 피갈이를 하는 것입니다. 제가 답을 말하긴 했지만 두 가지 방법 모두 현실화되기는 불가능, 아니 극히 어렵다고 봅니다."

노화순청의 경지. 만년설삼과 피갈이.

왕위청의 주장처럼 불가능이나 마찬가지인 방법들이다. 전자의 경우에는 그런 초인이 무림에 아주 없지는 않겠지만 애초에 마기환을 복용시키고 말고 할 대상이 아니므로 없는 방법이나 다름없다고 봐야 한다.

조순이 무언가를 곰곰이 생각해 보곤 말했다.

"한 가지가 더 있어."

"어떤?"

"마기환을 복용하지 않는 것."

"네?"

왕위청이 아찔한 심정으로 조순을 쳐다봤다. 그럴 가능성을 배제 못 한다. 사망탑에서 감시자 없이 홀로 수련했던 야랑이다. 따라서 마기환의 지속적인 복용은 야랑 본인이 아니고서는 아무도 알 수가 없다.

다행이라면 조순이 이 심각한 문제를 단순히 거론만 했다는 것이다.

조순이 안건을 바꾸어 새로이 물었다.

"유석은 사망탑에서 퇴소했느냐?"

"이틀 전에 나왔습니다."

"능광검의 수준은?"

"육성입니다. 이제까지의 조련자들 중에 단연 최고의 성취입니다."

"육성이라……."

조순이 흐뭇한 얼굴로 고개를 끄덕였다.

유석은 소유진과 더불어 청성당 작전을 일선에서 책임졌던 조순의 제자이다. 당시 유석은 작전이 실패로 돌아가자 스스로 징계를 자청해 사망탑으로 들어갔다.

조순이 말했다.

"이봐, 왕교. 오늘부터 석이를 유진이에게 은밀히 붙여."

"은밀히 하라시면?"

"감시를 하라는 거지."

"왜?"

소유진과 조순의 관계를 잘 알고 있는 왕위청으로서는 반문이 당연하다.

조순은 꺼림이 없는 얼굴로 답했다.

"최근에 유진이의 행보가 미덥지가 않아. 아무래도 그게 여자의 한계인 것 같아."

"……."


\*　　　\*　　　\*


예정된 일이겠지만, 궁마의 죽음은 강호를 발칵 뒤집어놓았다. 적대단체의 암살 활동이 빈번한 쟁금법 시기이지만 그럼에도 궁마 같은 초인은 이제껏 자객의 청부에서 논외의 사안이었다. 초인들을 저격할 정도의 수준 높은 무력을 소유한 자객을 구하기도 어렵고, 설령 저격에 성공하더라도 청부 단체 입장에서 그 여파를 감당할 수가 없었다.

그런데 그런 전례를 깨고 자객이 궁마를 저격 척살했다. 그것도 수천 명이 눈 뜨고 지켜보는 공개적인 자리에서 머리를 깨뜨려 죽였다.

당장 그 여파가 강호에 휘몰아쳤다. 진노한 사중천주 여불청은 천하에 흩어져 있는 사중십마들을 하북성 총단으로 불러들였고, 이 자리에서 궁마를 저격한 자객은 물론이요, 자객의 청부를 사주한 무림 단체까지 발본색원하여 피의 복수를 하겠노라고 선언했다.

동심맹 또한 비상이 걸린 것은 예외가 아니었다. 저격 대상이 사중천의 십마였다. 육추성의 사망이 만약 정파의 청부로 밝혀질 경우 사중천이 십마에 준하는 동심맹의 핵심 인물들을 보복 척살할 것은 명약관화한 일이었다.

사태가 이렇게 진행되자 쟁금법도 이제 많이 위태로웠다. 무림맹 발족 시기까지 백 일도 채 남지 않았다. 이 시기에 사중천과 동심맹은 무림 통합의 각종 사안을 두고 조금이라도 더 이득을 보고자 그 어느 때보다 첨예하게 대립했다. 어떤 사안에서는 쟁금법의 파기를 들먹이며 무력 충돌 일보 직전까지 다다랐다. 따라서 이런 치열한 대립 시기에 궁마 저격은 곧 끓는 물에 기름을 들이부은 것과 같았다.

쟁금법이 파기된 상태에서 정파와 사파가 충돌하면 그건 곧 무림 전쟁이다. 이에 사중천과 동심맹에 속하지 않은 중도 성향의 무림인들은 한목소리로 무림의 파국만은 막아야 한다며 중재에 나섰다.

중재에 나선 이들이 우선적으로 처리해야 할 일은 궁마 저격에 관한 실체를 규명하는 것. 중재단은 궁마 저격의 수사 책임자로 사중천의 의심을 들고자 정파 권력의 비주류이며 최근에 동심맹주의 처신을 극렬하게 비판했던 청성당주 일엽을 내세웠다.

청성파 장문인 직에서 물러난 후, 중원의 외지에서 오랫동안 은인자중했던 일엽이다. 그랬던 일엽이 무림맹 발족이 가까워진 이 시점에서 무림의 전쟁을 막을 주인공으로 이렇게 강호의 일선에 재등장했다.

일엽은 단호하며 그의 검에는 인정이 없다. 장문인 시절 너무 고지식해서 문제라는 비판을 들을 정도로 올곧았던 그의 성향으로 미루어, 저격 사건에 연루된 대상은 신분을 막론하고 엄중 처벌된다. 설령 그 대상이 동심맹주라도 일엽은 가차없이 검을 들이댈 것이다.


육추성 사망 칠 일.

일엽이 청성검대를 이끌고 태원으로 들어왔다.

강호에 알려져 있듯, 최근 일엽의 청성검대는 청성당 사건처리를 두고 동심맹과 크게 부딪쳤다. 단화진을 저격했던 자객의 인도를 요구했건만 동심맹이 그 자객을 오히려 사망탑안으로 숨겨 버린 것이다.

정파 연맹의 규약에 따라서 사망탑에 들어간 자객은 어떠한 죄도 사면을 받는다. 일엽이 부당한 처사라며 동심맹 총단으로 쳐들어가 난리를 피웠지만 돌아온 것은 정파 원로 자격의 박탈이었다.

그 이후로 일엽은 청성파의 동심맹 탈퇴를 선언하고는 독자적으로 움직였다. 사망탑의 위치를 알아내 직접 범인을 잡아올 계획까지 세웠다.

그러나 그 계획을 실행해 보기도 전에 동심맹에서 단화진의 저격범이 사망탑의 조련을 받던 도중에 죽었다고 알려왔다. 일엽은 믿지 않았지만 사망탑의 위치도 알 수 없고, 또 자객의 생존을 증명할 증인도 확보하지 못해 그저 분한 가슴만 달랬다.

지금은 그때와 상황이 많이 달라졌다. 일엽은 현재 궁마 저격의 공식적인 수사 책임자였다. 그의 등 뒤엔 무림의 파국을 막고자 하는 강호인들의 여론이 있었다. 이젠 정파의 분란을 염려하지 않아도 되고, 동심맹주와의 충돌도 꺼릴 필요가 없었다.

일엽은 내심 이번 사건을 발판으로 삼아 단화진의 사건까지 한꺼번에 해결한다는 각오였다. 그리고 그의 그런 생각은 태원에 온 이후로 뜻하지 않게 아주 잘 풀려 나갔다. 두 개의 사건이 하나로 연결되고 있는 것이다.

"궁마의 저격범이 자모총통을 사용했다고?"

태원에 들어와 궁마 사건을 일차적으로 조사하던 중에 자객이 사용했던 무기의 정체가 밝혀졌다. 단화진의 저격 사건에서도 사용되었던 자모총통이었다.

일엽이 알기로 자모총통은 아무나 만들 수 없고 함부로 소지하지도 못한다. 따라서 단화진을 저격했던 자객이 연상되는 것은 지극히 자연스러운 일이었다.

그리고 이어진 조사 과정에서 조금 더 확실한 물증이 나왔다. 유가협에서 남양을 저격했던 쇠뇌전. 그것이 이번 사건의 증거품으로도 제시된 것이다. 일엽은 그 쇠뇌전을 가지고 있었다. 비교해 보니 두 개의 쇠뇌전은 재질과 모양이 완벽히 똑같았다.

"생사교로 가자."

일엽은 확인의 과정을 거치고자 청성검대를 대동하고 생사교로 향했다. 청성검대는 십칠 인의 검사들로 조직되어 있다. 현역에서 활동하는 청성파 최강의 검사들인데 이들이 생사교에 출현하자 궁마 죽음의 현장을 관람 차원에서 둘러보고 있던 사람들이 일순간에 자리를 비켜주었다. 일반인들 처지에선 청성검대를 그저 쳐다보기만 해도 그 기세에 위축될 수밖에 없다.

"흐음."

생사교에 오른 일엽은 다리가 부서진 위치까지 걸어갔다. 생사교는 자객과 궁마의 결전 여파로 절반 정도만 형체를 유지하고 있었다.

일엽은 그곳에 서서 생사교 일대를 잠깐 둘러보곤 뒤로 돌아 천천히 걸어왔다. 단순히 되돌아오는 걸음이 아니었다. 일엽은 지금, 현장에 남은 미세한 흔적들을 통해 자객과 궁마의 전투 과정을 추적해 보고 있었다.

궁마가 자모총통을 맞은 지점. 일엽은 그곳에서 허리를 숙여 바닥을 면밀히 더듬었다. 그리고 그 과정에서 청성검대의 누군가를 향해 손짓했다.

"유백."

잠시 후 쌍수검을 소지한 중년 검사가 일엽의 앞으로 걸어왔다. 쌍수검공으로 명성을 날리는 청성파 개봉도관 관주인 유백신검 일학이다. 일학은 일엽의 직계 사제로서 현재 청성파 서열 육위이다.

"사형, 하문하실 것이 있습니까?"

"자객이 이 지점에서 신법의 변화를 보였다고 했느냐?"

"그렇습니다. 그곳에서 자객의 신형이 셋으로 갈라졌다고 합니다."

"흐음."

일학의 말을 들은 일엽은 바닥에 남은 미세한 흔적을 바탕으로 자객의 신법 동작을 재현해 보았다.

전진 보법과 수평적인 움직임이 동시에 이루어진다. 낯설지 않은 동작이다. 청문 수련동에도 이러한 신법을 재현해 본 적이 있다.

재현 동작을 끝낸 일엽은 고무된 어조로 말했다.

"그놈이다. 화진이를 죽였던 그놈. 바로 그놈이 궁마를 저격했다."

"아!"

일엽의 말에 청성검대가 일제히 놀란 음성을 흘려냈다. 그만큼 결과가 의외였다. 한편으로 그들의 반응 안에는 분노의 감정도 담겨 있었다. 동심맹이 청성검대를 속인 것이다. 자객은 죽지 않았을 뿐만 아니라 여전히 청부 활동을 하고 있었다.

일학이 물었다.

"자객의 정체가 밝혀졌으니 동심맹으로 쳐들어갈까요?"

"아니, 아직은 이르다. 자객의 배후에 매불립과 조순이 있다. 그들은 자객의 정체가 밝혀질 것을 대비한 작업을 철저히 해두었을 것이다."

"하면?"

"우리는 자객의 검거에 최우선으로 주력한다. 놈의 목을 들고 직접 동심맹으로 가서 매불립의 입을 틀어막을 것이다."

일엽의 말은 의미가 간단치 않았다. 실제로 그런 일이 벌어진다면 그건 곧 정파 권력의 교체였다. 어쩌면 그 과정에서 정파와 사파의 충돌에 못지않은 내란이 발발할 수도 있었다.

청성검대의 행보를 결정한 일엽은 태원의 숙소로 발길을 돌리지 않았다. 그를 의문스럽게 하는 사안이 아직 남아 있었다. 그는 육추성이 저격당한 지점에 멈춰 서서 한참 동안 무언가를 진중히 생각했다.

그러는 사이에 청성검대가 일학의 등 뒤로 바짝 모여들었다. 그들의 의문스런 심정을 대표해서 일학이 물었다.

"사형, 조사할 것이 더 남아 있습니까?"

일엽은 등을 돌린 그 자세에서 말했다.

"난, 이해되지 않는다."

"뭐가 말입니까?"

"목격자의 말에 의하면 궁마는 자모총통에 첫 한 발을 맞고 난 후로 죽기 전까지 현 위치를 고수했다고 한다. 자객이 자모총을 조준한 채 다가서고 있었거늘 궁마는 그때 왜 움직이지 못했을까?"

"그거야 워낙에 빨리……."

일엽의 말뜻을 일학은 아직 이해하지 못했다.

일엽은 고개를 저으며 말을 이었다.

"궁마는 내공이 강하기로 천하에서 열 손가락 안에 들어간다. 게다가 그의 내공은 심장에 구멍이 뚫려도 신체 활동이 잠정적으로 가능하다는 현양진기로 이루어져 있다. 총환 한 발이 머리에 박혔다고 해서 대응 능력을 완전히 상실했을 리가 없다."

"아! 그렇군요."

일학이 이제야 말의 뜻을 알아들었다. 궁마처럼 현양진기의 고수는 아니지만, 그가 궁마의 처지였대도 순순히 죽어주지는 않았을 것이다. 최소한 동귀어진의 수법은 펼치고자 했을 것이다.

"궁마가 그때 움직이지 못했던 이유를 알아야 한다. 어쩌면……."

"어쩌면?"

"자객은 우리가 예상하는 이상으로 강한 무공을 소유했는지 모른다."

모호한 추정과 함께 일엽이 뒤돌아섰다. 일엽은 일학을 비롯한 청성검대원들을 돌아보며 물었다.

"궁마의 사체는 지금 어디에 있지?"

"저격이 있던 그날, 태활금에서 가져갔습니다."

"태활금으로 가자. 궁마의 사체를 내 눈으로 직접 확인해봐야겠다."

태활금은 사중천의 지역 조직이다. 아무리 수사 책임자라지만 정파의 무인이 사파의 구역 안에 함부로 들어갈 수 없거늘 일엽은 결정에 어떤 망설임도 보이지 않았다.

일엽의 의사가 이렇게 확고하자 청성검대도 마음속의 꺼

림을 지워내고 전열을 새로이 갖추었다. 그렇게 청성검대가 일엽의 명에 따라 태원으로 발길을 돌릴 때였다.

예상치 못한 상황이 그들의 눈앞에 발생했다.

언제 나타났는지 붉은 복장의 중년인이 생사교 입구에 서서 청성검대의 진로를 막고 있었다.

가볍게 넘길 사안이 아니었다. 일류 고수는 십 장 거리에서도 감지력을 발동한다. 한데도 청성검대의 누구 하나 홍의인의 출현을 알아내지 못했다. 일엽조차 홍의인의 출현을 이제야 파악했을 정도다.

일학이 앞으로 나서서 물었다.

"우리는 궁마의 저격 사건을 조사하는 청성검대입니다. 귀하는 누구신데 우리의 앞을 가로막고 계십니까?"

"킥."

정중한 물음이거늘 돌아오는 것은 조소가 깃든 단음이다.

일학이 한 번 더 정중한 어조로 말했다.

"우리는 해야 할 일이 많습니다. 용건이 없다면 어서 길을 비켜주시기 바랍니다."

홍의인이 피식거렸다.

"그건 니들 사정이고. 가고 싶으면 뒤로 돌아가."

"응?"

상대를 무시하는 하대 언사는 둘째 문제였다. 생사교는 반

파되어 있었다. 뒤로 돌아가라는 것은 곧 다리에서 뛰어내리라는 것과 같았다.

일학이 노한 어조로 소리쳤다.

"닥치시오! 초면이거늘 그런 무례한 요구가 어디에 있소! 당장 길을 비키시오!"

홍의인은 다리에서 비켜나지 않았다. 일학의 말에 오히려 다리 중간으로 성큼 걸어와서 놀리듯 입술을 이죽거렸다.

"자신 있으면 나를 지나가 보든가."

예를 우선시하는 정파인이라지만 참아주는 것에도 정도가 있다. 청성검대 중에서 젊은 나이에 속하는 청비구검이 발끈한 얼굴로 나섰다.

"말로 해서는 알아들을 작자가 아니구나!"

청비구검은 청성파의 검공 성취를 증명하는 관문, 청비관을 통관한 후기지수들로 구성되어 있다. 원래는 단화진과 남양을 포함해 청비십일검이었는데 청성당 사건 이후로 청비구검으로 재편되었다.

"킥."

홍의인은 청비구검의 날선 개입에도 전혀 위축되지 않았다. 청비구검을 제대로 쳐다보지도 않았으니 안중에도 없다고 해야 한다.

홍의인의 이런 모습이 청비구검을 더욱 자극시켰다.

"정녕 피를 보고 싶은 것이냐!"

청비구검이 위협 차원에서 검을 뽑아 들고 홍의인에게 다가섰다. 하지만 홍의인은 아홉 개의 검이 자신의 신체를 겨눈 이 순간에도 청비구검을 제대로 주시하지 않았다.

"피를 보자고? 좋지. 난 그런 놀이를 너무 좋아하지. 안 그래, 꼰대?"

홍의인이 꼰대라고 가리킨 대상은 청비구검의 뒤편에 자리해 있었다. 바로 현 상황을 곤혹스럽게 주시하고 있는 일엽이었다.

일엽이 보기에 상황은 심상치 않았다. 상대는 의도적으로 도발했다. 다시 말해 일엽이 누구인지 알면서도 시비를 걸고 있다는 것이었다.

일엽은 홍의인의 전신을 집중적으로 살펴봤다.

나이는 마흔 정도. 깡마른 얼굴에 휴대한 병기는 없다.

신체 중에 주목할 사안은 안광과 손이 유달리 검붉다는 것.

'붉은 눈, 붉은 손…… 혈안과 혈수…… 으응?'

일엽의 뇌리로 사파의 한 무인이 번뜩 스쳐갔다. 연상된 이 인물은 악몽 그 자체다.

"청비구검! 모두 물러서라!"

일엽은 경고의 음성과 함께 전방으로 뛰쳐나갔다. 달려갈 때 그는 양손을 합장했다가 좌우로 활짝 펼쳤다. 바깥이 아닌 안으로 빨아 당기는 기력, 대라흡진력의 발휘이다.

후우우웅!

대라흡진력의 영향에 청비구검이 뒷걸음질 쳤다. 일엽은
그 사이로 파고들어 홍의인과 정면으로 맞섰다. 홍의인이 일
엽을 향해 오른손을 펼쳐 내밀었다. 혈기가 뭉클 올라오는 혈
수! 일엽은 대라흡진력을 청성파의 일대 장공, 소뢰장으로 바
꾸어 혈수에 충돌시켰다.

꽝!

손바닥과 손바닥의 충돌. 소뢰장과 혈수가 맞부딪치자 폭
발음과 함께 생사교가 크게 뒤흔들렸다. 이어서 일엽이 달려
갔던 속도만큼이나 빠르게 뒤로 튕겨 나왔다.

"사형!"

"당주님!"

청성검대가 깜짝 놀라 와르르 달려 나왔다.

즉각적인 반격은 없었다.

일엽이 내공을 실은 음성으로 청성검대의 움직임을 제지
하고 있었다.

"청성검대 경거망동하지 마라! 상대는 혈마 소적벽이다!"

"……."

혈마 소적벽.

일엽의 입에서 이 이름이 거론되자 청성검대는 약속이나

한 것처럼 아연한 얼굴로 동작을 멈추었다. 과장된 반응이 아니었다.

사중천의 삼주혈마. 산동의 인간 도살자. 만나는 것 자체가 무림인의 악몽이나 다름없는 존재. 청성검대이기에 이 정도의 반응을 보였지, 보통의 무인들이었다면 이 순간 만사를 제쳐놓고 무조건 달아났을 것이다.

청성검대의 숨죽인 견제 속에서 일엽이 홍의인에게 포권을 건넸다.

"소 공, 처음 뵙소이다. 빈도는 청성파의 일엽이오."

일엽의 인사에 홍의인, 소적벽은 시선만 한 번 살짝 맞추었다. 상대를 무시하는 반응이지만 일엽은 상관하지 않고 말을 이었다.

"산동을 관할하기에도 바쁘실 것인데, 소 공께선 어찌하시어 이 먼 곳까지 오셨소이까?"

"거기 애들은 재미없어. 니들과 다르게 날 보면 도망만 다니거든."

소적벽의 심드렁한 대답에 일엽은 못마땅한 표정을 비추었다. 소림사 장문인도 대놓고 땡중이라고 부르는 인간이다. 하대의 언사가 문제가 아니라 질문의 바른 답이 아니기 때문이다.

"재미를 보자고 태원에 오진 않았을 것 아니오? 태원에 와서 우리의 길을 막는 진짜 이유가 무엇이오?"

"이유? 그거야 니들도 잘 알고 있지."

"무슨?"

"니들이 지금 우리 일을 방해하고 있잖아. 그래서 싹 쓸어 버리려고 내가 왔지."

"사중천의 일을 청성검대가 언제 방해했다고 하는 것이오? 우리는 지금 무림인들의 뜻에 따라 궁마 저격 사건을 공식적으로 수사하고 있소이다."

일엽의 이어진 주장에 소적벽이 냉소를 지어 보였다.

"누가 그래? 청성검대가 무림의 공식적인 수사대라고?"

"그건 무슨 뜻이오. 우리를 믿지 못한다는 것이오?"

"사중천은 집안의 일을 남들에게 맡기지 않아. 우리는 우리의 방식으로 해결해. 하니 개소리하지 말고 어서 여길 떠나."

말은 거칠지만 뜻은 명확하게 전달됐다. 사중천에서 이번 사건을 직접 해결하겠다는 거다. 일엽은 생각을 잠깐 하고 한 발 물러섰다.

"소 공의 뜻을 알겠소이다. 다만 우리 역시도 무림인들의 요청에 따라 공적으로 나섰으니 앞으로 사중천도 청성검대의 수사에 방해되지 않도록 해주시오."

일엽의 물러섬은 혈마가 두려워서가 아니라 현 시점에서

어쩔 수가 없기에 내린 결정이다. 수사권을 놓고 혈마와 싸우면 사중천을 적으로 두어야 하는데 그렇게 되면 그때부터 수사 활동을 정상적으로 하지 못하게 된다.

"청성검대 태원으로 돌아간다."

일엽이 청성검대로 돌아보며 명을 내렸다.

그런데 그가 철수의 명을 내린 이 시점에서도 진로의 문제점이 해결되지 않았다. 소적벽이 여전히 길을 비켜주지 않고 있는 것이다.

일엽이 눈살을 찌푸려서 말했다.

"지금 뭐하자는 거요? 귀하의 뜻을 알겠다고 하지 않았소."

"누가 안 보내준대? 단, 이곳으로는 안 돼. 가려면 뒤로 돌아가!"

안하무인으로 나오는 상대. 이젠 인내심의 한계에 다다른다. 일엽은 소적벽을 매섭게 노려봤다.

"실로 오만한 자로다. 당신의 혈수가 나에게도 통하리라고 생각하는가?"

"그거야 확인을 해보기 전엔 알 수 없지."

소적벽이 대답과 함께 일 보를 성큼 내디뎠다.

생사교 바닥이 움푹 파인다. 그와 동시에 칼날 같은 혈기가 신체에서 발출된다. 선제 공격! 말싸움보다 주먹이 우선이라는 혈마의 평소 모습 그대로다.

혈마의 이러한 선공에 일엽보다 일학이 먼저 대응에 나섰다.

"혈수신공이다! 청성검대 낙화검진!"

차차차차차창!

"타앗!"

일학의 지시에 청성검대 전원이 검을 빼 들곤 일제히 생사교를 박찼다. 공중으로 치솟은 검사들은 검을 아래에 두고 원형진을 이룬 채 소적벽을 향해 수직으로 하강했다.

하늘을 수놓는 열일곱 검사의 낙화검진.

한 폭의 그림과도 같지만 감탄으로 끝날 장면이 아니다. 무당파의 구궁연환검진에 비견된다는 청성마라검진의 공격 수법이다. 구대문파의 장문인이라고 한들 이것에 맞서려면 최강의 무공을 발휘해야 한다.

"카아!"

소적벽도 위험을 감지했는지 신공의 수준을 극성으로 끌어 올렸다. 혈기가 전신을 감싸고 머리카락이 창살처럼 뻗어 오른다.

"갈!"

그러나 낙화검진과 혈마의 격돌은 벌어지지 않았다. 이 순간 일엽이 검을 빼 들어 생사교 바닥에 와락 꽂아 버리고 있었다.

꽝! 우르르!

생사교가 통째로 내려앉았다. 바닥에 검을 꽂은 일엽, 신공을 발출하던 소적벽, 낙화검을 발휘하던 청성검대, 그 모두가 붕괴되는 생사교의 파편과 함께 지상으로 착지했다.

붕괴의 먼지 속에서 일엽이 소적벽을 마주 봤다.

"오늘은 이 정도로 하고 인사를 마치겠소. 다음에는 빈도의 양보가 없을 터이니 그때는 당신도 각오를 단단히 하시는 게 좋을 거요."

말을 끝낸 일엽은 인사도 없이 태원으로 발길을 돌렸다.

"가자, 청성검대."

일엽과 혈마의 격돌.

생사교에서 물러선 사람이 없으니 첫 대면의 기세 대결은 무승부라고 해야 하리라.

"각오라…… 훗!"

현장을 떠나는 일엽의 뒷모습을 보며 소적벽이 입꼬리를 비틀었다.

오늘은 인사로 끝났지만 다음엔 진짜로 다시 붙는다.

그땐 둘 중 하나가 이 세상 사람이 아닐 것이다.

**9장**

지옥 살수 아비객(阿鼻客)

사연 님.

궁마를 저격한 자객을 후대에서는 아비객(阿鼻客)이라고 부릅니다. 지옥에서 보낸 자객이라는 뜻인데 행적이 워낙에 은밀했던 터라 아비객의 신상에 대해서 바르게 남은 기록은 없어요. 다만 그 시기에 무림인들의 의문사가 유독 많았고, 그래서 확인되지 않은 청부 사건들이 아비객의 전적으로 부풀려져 후대에서는 자객사의 손꼽는 신화적인 인물로 남게 돼요.

이제 와서 하는 말이지만 그 아비객이 사연 님이라는 사실을 알았을 때 난 정말 깜짝 놀랐어요. 사연 님이 무림의 역사에서 그렇게 비

중이 컸던 존재라고는 미처 예상하지 못했거든요.

기록에 의하면 궁마의 죽음은 칠년전쟁의 원인이 되는 용마총 사건의 시발점이었어요. 다시 말해, 야비객이 궁마를 죽이지 않았다면 후대의 역사가 지금과 다르게 진행되었다는 거예요. 물론 달라졌을 그 역사가 좋은 방향이었을 것이라고는 단정을 못 해요. 정사파의 갈등이 극심했던 시기였으니 어쩌면 더 참혹한 시대가 되었을 수도 있겠죠.

아무튼 나중에 자필 서명이나 하나 보내주세요. 청부업에 종사하는 이들에게 야비객의 서명을 버다 팔면 아마도 어마어마한 가격에 팔릴 거예요. (이건 농이에요. 신경 쓰지 마세요.)

추신.

저는 언제 어디서나 사연 님을 응원한답니다.

부디 무사히 청부를 완수하시어 보고 싶어 하던 형과 재회하시기를……

그리고 이다음에 저와도 만나는 날을 꼭 만들어주시기를.

이추수 올림.


무림인들이 궁마의 저격범을 잡고자 천하를 들쑤시고 있을 때 담사연은 담대하게도 상인으로 변장해서 태원 저자의 객잔에 머물렀다. 그가 태원을 떠나지 않은 것은 추적자들의

허를 찌르겠다는 은신의 목적만은 아니었다. 근본적인 이유
는 태원에서 할 일이 아직 남아 있기 때문이었다.

미래의 결과를 보면 형은 죽고, 그는 실종 처리된다. 실종
이 된다는 것은 곧 동심맹의 청부를 수행함에 그에게 어떤 문
제가 발생한다는 뜻이다.

그렇다면 그는 훗날을 대비한다는 차원에서 동심맹의 청
부에 대해 자세히 알아둘 필요가 있었다.

궁마는 동심맹의 청부자들과 무슨 관계인가?

동심맹의 청부자들이 사중천의 반격을 감수하면서까지 궁
마를 죽여야 했던 까닭은 무엇인가?

추정만으로 청부의 실체를 밝힐 수는 없었다. 가장 빠르고
확실한 길은 궁마의 집무실로 잠입해서 궁마가 근자에 무엇
을 했는지 직접 알아보는 것이다.

이추수가 보낸 전서에서는 궁마가 산활금의 망령에 시달
려 외부 활동을 하지 않았다고 했다. 하지만 그가 판단하기
에 그건 이유로서 여러모로 석연치 않았다. 저격의 망령에
시달린 것이 이유의 전부였다면 궁마는 태활금 밖으로 나와
산축금낭을 선언하지도 않았고, 또 대활오쟁에서 그렇게 대
활의 법칙을 맹목적으로 고수하다가 저격당하지도 않았을
것이다.

궁마가 외부 활동을 하지 않았던 진짜 이유. 오랜 시간 태

활금 내부에서 남들 모르게 진행했던 일. 동심맹 청부의 실체는 바로 그것과 깊이 연동되어 있다고 봐야 했다.

"오늘 들어가서 확인해야 돼. 이번이 아니면 기회가 없어."

그는 궁마 저격 구 일이 지나도록 소기의 성과를 이뤄내지 못했다. 육추성의 시신은 태활금 내의 태룡전에 안치되어 있는데 하필이면 육추성의 집무실, 태룡각이 그곳 바로 뒤편에 위치해 있었다. 그간 태룡각으로 여러 차례 잠입을 시도해 봤지만 경비가 너무 삼엄해 매번 그냥 숙소로 되돌아와야 했다.

오늘은 궁마의 장례식이 있는 날이었다. 장례식엔 사중천의 무인들뿐만이 아닌 지역의 일반인도 조문객으로 많이 참석하게 된다. 상대적으로 태룡각의 경비가 소홀해질 것이니 잠입의 최적기라고 할 수 있었다.

장례식에 참석할 위장 신분은 마련해 둔 상태였다.

이름은 송상.

산서 북부에서 작은 마장(馬場)을 열고 있는 삼십 대 초반의 남성이었다.

그는 정오가 가까워지자 상인 복장을 마장주의 신분에 걸맞게 회색 호복(胡服)으로 바꾸어 입었다. 머리칼도 보통의 삼십 대 남자처럼 단정히 올려 하나로 묶었고, 요대에는 철검 대신 말채찍을 하나 걸어 두었다.

변장을 어느 정도 끝낸 그는 칠채궁을 비롯한 저격 무기를 바랑에 담아 어깨에 둘러멨다. 이제 떠나면 숙소로는 다시 돌아오지 않는다. 그는 혹여 남긴 흔적이 있는지 숙소 내부를 꼼꼼히 둘러본 다음, 유월이 앉아 있는 창가로 걸어갔다.

"오늘은 전서 없이 그냥 돌아가렴. 내가 할 일이 좀 많단다. 자필 서명은 다음번에 꼭 보내준다고 추수 님에게 전해주고."

말을 알아들었다는 듯 유월이 그를 쳐다보며 날개를 퍼덕였다. 이럴 때는 정말, 조류가 아닌 사람처럼 느껴진다. 그는 대견한 심정으로 유월이의 머리를 쓰다듬어 주곤 창문을 활짝 열었다.

곧, 유월이 창문 위로 날아올랐다. 그는 창공을 날아가는 유월이의 모습을 잠시 지켜본 후에 숙소 입구로 돌아섰다. 숙소를 나갈 때 그는 문득 쓴 미소를 머금었다. 전서에 적혀 있던 그의 무림 명호가 뇌리에 떠오른 것이다.

"지옥 살수 아비객이라…… 무시무시하군."

\*　　　\*　　　\*

태활금 태룡전 정오.

궁마의 장례식은 미시에 거행된다. 시신은 태룡전 앞의 연무장에 안장되는데 조문객들을 위해서 태활금은 태룡전으로 직통하는 정문을 한시적으로 개방했다.

일엽도 궁마의 장례식에 참석했다. 정파와 사파의 첨예한 대치 관계를 고려해서 청성검대는 태활금 밖에 머물도록 하고 사제들 셋만 장례식장에 대동했다.

일엽의 직계 사제는 유백신검 일학, 운룡금학 일선, 소요상인 일원, 현청수사 일현, 이렇게 전부 네 명이다. 이 중 제일 막내 일현은 청성파의 현 장문인으로서 일엽이 장문인 직을 내려놓을 때 그 자리를 일엽의 지명으로 이어받았다. 일현은 장문인의 자리를 지켜야 하므로 현재 청성검대에서 제외가 된 상태다.

사제 셋을 대동한 일엽은 태룡전 정문 앞, 방명록을 작성하는 곳에서 일반 조문객과 뒤섞여 자기 차례를 기다렸다. 일엽의 사제들 입장에서 이 모습은 한숨이 나올 정도로 답답한 일이다. 일엽의 명성이라면 번잡한 등록 과정 없이 태룡전으로 바로 들어가도 된다. 한데도 원리 원칙을 고수하는 평소의 성향 그대로 일엽이 일반 조문객처럼 장례식장에서 행동하고 있는 것이다.

방명록을 작성하는 조문객의 줄이 꽤 길다. 기다리는 시간이 지루해지자 사제들이 생사교에서 벌어졌던 일에 대해 일엽의 의견을 물었다.

"사형, 혈마의 도발에 순순히 물러섰던 이유를 물어봐도 되겠습니까?"

진검 싸움이든 기세 대결이든 일엽은 일단 승부가 펼쳐지면 상대를 굴복시키기 전까진 먼저 물러서지 않는다. 하지만 생사교에서 일엽은 혈마의 거듭된 도발에도 불구하고 이례적으로 두 번이나 먼저 물러섰다.

처음의 양보는 수사 활동 때문이라지만 두 번째 도발에서도 그렇게 일엽이 순순히 물러선 것은 부러질지언정 휘어지지 않는다는 그의 인생관에 견주어 이해가 잘되지 않는 행동이다. 상대가 사중십마의 한 존재라는 것은 그의 승부 결단을 막는 문제점이 될 수 없다.

사중십마 명천세(名千歲)! 동심구존 명만세(名萬歲)!

사중천의 십마가 천 년 동안 명성을 날린다면 동심맹의 구존들은 만 년 동안 그 명성을 떨친다는 뜻의 무림 속설이다.

일엽은 그 동심구존 중에서 청성지존이다. 그러기에 혈마 같은 강자와 부딪치면 동심구존의 자존심 때문에 오히려 더 강하게 나간다.

실제로 예전에 낙양의 객잔에서 오주독마 희적세와 사소한 안건을 두고 부딪쳤을 때, 일엽은 독마의 중독 협박에도 불구하고 기어코 검을 빼 들어 독마의 머리카락을 싹둑 잘라 버렸다. 하니, 이런 사정을 잘 알고 있는 사제들로서는 일엽이 그날 생사교에서 보였던 거듭된 양보에 대해 의구심을 아니 가질 수 없다.

일엽이 말했다.

"궁마 저격 사건은 단순한 암살 사안이 아니다. 화진이 사건에서 동심맹이 우리를 속였듯 사중천도 지금 강호인들을 속이고 있다. 그래서 이 사건의 실체에 대해 좀 더 분명히 알아보고자 혈마와의 충돌을 의도적으로 피했다."

일엽이 설명을 하긴 했지만 해석은 아직 되지 않았다. 사중천이 무엇을 속이고 있단 말인가. 그리고 일엽은 무슨 근거로 사중천이 속이고 있다고 확신한단 말인가.

일선이 물었다.

"사형, 조금 쉽게 풀어서 이야기해 주십시오. 저희는 지금 뭐가 뭔지 잘 모르겠습니다."

일엽은 주변의 일반인들이 들을 수 없게 내공으로 공간 장막을 걸어 놓고 대답을 이었다.

"내가 사중천을 의심하는 것은 이번 사건에 혈마가 투입되었기 때문이다. 혈마는 무림의 도살자이자 사중천의 난제 사건을 정리하는 청소부이다. 이번 사건에 그 혈마가 투입되었다는 것은 곧, 사건의 진상 조사가 아닌 사건 자체를 완전히 지워 버리겠다는 뜻이 된다."

"흠."

사제들은 이제 조금씩 이해가 되어갔다. 일엽의 말처럼 혈마가 이 사건에 우선적으로 투입된 것은 확실히 이상했다. 지난 시절, 사중천은 사파의 결속을 심각히 흩뜨리는 분란, 혹은 강호에 알려지면 안 되는 사파의 불미한 사건 등이 발생하면 혈마를 은밀히 투입해 그 사건에 관계된 인사들을 깡그리 죽여 버렸다. 혈마가 무림의 도살자이자 청소부로 불리게 된 연유인데, 이 때문에 강호에서는 혈마가 처리한 사건에는 가축 한 마리 남지 않는다는 말까지 떠돌았다. 그 혈마가 이번 사건에 투입됐다. '왜?' 라는 의심이 당연히 생기는 경우이다.

"또한 사중천이 사건의 진상을 정말로 밝히려고 했다면 애초에 삼주혈마가 아닌 구주지마(九州智魔), 동심맹의 조순과 능히 비견된다는 구마존자 이능을 태원에 보냈을 것이다."

구마존자 이능.

사중천의 독심당주로서 일곱 살에 세상의 이치를 깨달아, 약관의 나이 때에는 천기까지 헤아렸다는 사파 최고의 두뇌이다. 일설에 의하면, 사중천의 진짜 수장은 일주검마 여불청이 아니고 독심당 안에서 천하를 꿰뚫어 보고 있는 바로 그 이능이라고 한다.

"하니, 이러한 사안들을 종합해 보면 사중천은 지금, 궁마가 저격된 이유를 알고 있다는 결론이 나온다. 그 이유는 강호에서 큰 문제가 되는 사안임이 틀림없다. 그러기에 혈마를 보내 최우선적으로 이 사건을 덮고자 했음이다."

일엽의 말이 끝난 후 사제들은 잠시간 무겁게 침묵했다. 단화진 사건과 마찬가지로 이번 사건 역시 실체를 파고들면 들수록 더 꼬여가고 더 위험해지고 있었다.

일엽이 사제들의 표정을 돌아보며 강한 어조로 말했다.

"무림의 분위기가 심상치 않다. 궁마 저격 사건은 또 다른 대형 사건의 예고편이었을 가능성이 크다. 하니, 사제들은 무림의 미래를 걸고 활동한다는 각오로 이제부터 항상 경계하며 척마협로의 길에 나서야 할 것이다."

사제들이 무거운 심정을 지우고 일엽에게 포권했다.

"네, 사형!"

"청성검사로서 부끄럽지 않은 협의지행을 하겠습니다."

삼십 년도 넘게 같이 활동했던 사문의 형제들이다. 서로 눈빛만 마주 보아도 결기의 심정을 느낄 수 있다. 일엽은 사제들의 모습을 흐뭇한 눈으로 잠시 쳐다보곤 방명록을 작성하는 서궤로 눈을 돌렸다.

대화를 하던 사이에 일엽의 차례가 어느덧 다가와 그의 앞줄에는 서른 살 초반의 남자 하나만 남았다. 방명록 관리자와 남자 사이에 질의 응답하는 과정이 있었다.

"성함이 어떻게 되지요?"

"송상입니다."

"무슨 일을 하고 있습니까?"

"산음에서 초원마장을 열고 있습니다. 서너 해 전에 선친께서 북방의 오추마를 태활금주님께 생일 선물로 바친 적이 있었지요. 당시 금주님께서는 답례로 저희 초원마장에 태활금의 각궁을 열두 대나 보내주셨습니다."

"아하! 초원마장! 나도 알지요. 덕분에 우리도 그때 몽고마를 하나씩 선사받았지요. 자, 이 명패를 가지고 태룡전으로 들어가십시오."

"네, 감사합니다."

바로 앞에 있기에 송상이란 남자의 외형이 일엽의 눈에 선명히 들어왔다. 외관으로 보기에 그다지 특색이 없는 평범한 남자인데 그럼에도 일엽의 눈을 조금 거슬리게 하는 점이라면 남자의 등에 매달린 기다란 바랑이었다. 일견하기에도 바랑이 묵직해 보이건만 남자는 그 무게감을 전혀 느끼지 못하는 모습을 보이고 있었다.

'무공을 배운 건가?'

마장주라고 해서 무공에 문외한이란 법은 없다. 호신술 삼아 무공을 수련했을 수도 있다. 일엽은 곧, 찜찜한 심정을 지워내고 방명록 서궤 앞으로 다가섰다.

툭!

남자가 뒤돌아 설 때 일엽과 어깨를 살짝 부딪치는 신체 충돌이 있었다.

남자가 정중히 고개를 숙였다.

"죄송합니다, 어르신. 제가 그만 앞을 보지 못했습니다. 다치신 곳은 없습니까?"

일엽은 가볍게 고개를 저었다.

"나는 괜찮으니 염려하지 말게. 이래 봬도 이 늙은이 몸이 상당히 강골이라네."

"아! 네. 그럼."

남자가 고개를 숙여 인사하곤 일엽을 지나 태룡전 안으로 들어갔다.

일엽이 그때 남자를 다시 불러 세웠다.

"거기, 젊은이! 잠깐 나 좀 보시게."

남자가 멈칫하더니 뒤돌아 일엽을 쳐다봤다.

"왜 그러시죠?"

"그곳 방향으로 가면 안 되네. 그곳은 무림인들이 조문하는 빈소이네."

일엽은 말과 함께 턱짓으로 태룡전 정문 상단에 걸린 팻말을 가리켰다.

팻말엔 무림인은 왼쪽 빈소, 일반인은 오른쪽 빈소, 라고 조문의 방향이 지정되어 있었다.

팻말을 쳐다본 남자가 머리를 긁적였다.

"아, 그렇군요. 태활금에 들어온 것이 처음인 탓에 제가 그만 두서가 없었습니다. 가르침 감사드립니다."

남자가 다시금 일엽에게 목례를 하곤 뒤돌아 오른쪽 빈소 방향으로 걸어갔다.

일엽도 이제 방명록 서궤로 돌아섰다. 그렇게 방명록을 작성하고자 붓을 들 때 일엽은 문득 눈살을 찌푸리며 좀 전 사내가 걸어간 방향을 다시 돌아봤다.

'인사는 세 번했지만 한 번도 나와 눈빛을 교환하지 않았어. 왜 그랬을까?'

마주한 상태에서 인사는 했지만 상대의 눈은 정면으로 쳐다보지 않았다는 거다. 이런 경우 해당자는 상대방의 뇌리에서 그 형상이 모호하게 남는다.

이미 빈소로 들어갔는지 남자의 모습은 일엽의 눈에 보이지 않았다.

일엽은 찜찜한 심정을 애써 지우며 방명록을 작성했다.

'아니겠지. 우연일 거야.'

&#42;  &#42;  &#42;

태활금 태룡각.

담사연은 태룡전의 빈소를 거쳐 태룡각 앞까지 무사히 다다랐다. 빈소의 조문객들로 경비의 시선이 분산된 터라 이곳까지 오는 것은 그다지 어렵지 않았다. 문제는 지금부터였다. 태룡각으로 들어가는 입구 좌우에 열댓 명의 경비 무인이 포진해 있었는데 그들의 눈을 피해 그 안으로 잠입할 수단이 마땅치 않았다.

잠입을 함에 무력 사용은 애초에 제외였다. 경비 무사의 숫자가 한둘이라면 어찌 해볼 수도 있겠지만 열댓 명의 무인을 일순간에 제압하고 태룡각으로 들어갈 수는 없었다.

그리고 그런 능력적인 문제가 아니더라도 태룡각은 태룡전의 빈소와 너무 가까웠다. 계획 없이 무작정 잠입을 시도하다가는 빈소에 도사리고 있는 무림인들을 몽땅 태룡각으로 불러들일 수가 있었다.

적진의 심장부에 들어온 상태였다. 작은 실수는 곧 그의 생명과 직결됨이었다. 방문록을 작성하는 곳에서도 그는 작은 실수를 한 탓에 그만 타인의 눈에 존재감을 드러내고 말았다.

'기세가 예사롭지 않은 노도사였어.'

방문록 장소에서 그는 노도사와 우연히 어깨를 부딪치는 바람에 노도사의 주목을 세 번이나 받았다. 정체는 모르지만 노도사가 범상치 않은 무림의 인물임에는 의문의 여지가 없었다. 그런 위험한 무림인이 오늘 이곳에 버글버글하게 자리해 있었다. 하니 매사에 걸쳐 신중히 움직여야 했다. 자칫하면 잠입은커녕 탈출을 걱정해야 할 처지가 될 수도 있었다.

'어떻게 한다?'

그는 태룡각으로 잠입할 수단을 강구해 봤다.

태룡각 입구까지 거리는 대략 이십 보. 입구의 통로 폭은 일 장 정도. 그곳 외에 태룡각으로 들어가는 다른 입구는 없다. 신분을 위장해 경비원들을 속이고 들어가는 것은 애초에 불가능하다. 그런 신분은 적어도 사중천의 서열 삼십 위 정도는 되어야 가능한데 구할 수도 없고, 구해오지도 않았다. 남은 것은 정공법. 경비원들의 사이로 재빠르게 통과하는 것이다.

'가능할까?'

한 가지 수단이 있긴 했다.

망혼보의 두 번째 초식, 망량을 발휘하는 것이다.

물론 실전에서 한 번도 사용해 보지 않았기에 성공 여부는 장담하지 못한다.

불가공법 망혼보는 크게 세 가지 묘용으로 나뉜다.

직진과 수평적인 움직임의 보법으로 펼쳐지는 망환(亡幻).

단거리 공간 이동술 망량(亡蛹).

일천 번의 걸음에 천 리를 이동한다는 장거리 비행술 망선(亡仙).

그는 그간 망혼보 중에서 망환만 실전에서 사용했다. 그것 밖에 할 줄 모르기 때문이다. 망량과 망선은 그에게 아득한 무공 경지였다. 그것이 어떻게 발휘되는지 감조차 잡을 수가 없었다. 솔직히 망량과 망선은 이론적인 경지일 뿐 성취가 불가능하다고 여겨졌다. 특히 망선 같은 경우엔 천 보에 천 리, 즉 일 보에 일 리씩 움직인다. 그건 그가 생각해 봐도 말이 안 되는 경우였다.

그런데 사망탑에서 조련 과정을 겪은 이후로 생각이 조금 달라졌다. 망선이 아득한 경지인 것은 여전하지만 망량은 실전에서 사용이 가능할지도 모른다고 여겨졌다. 망량을 따로 수련한 것도 아닌데 왜 그렇게 망량의 실체에 다가서게 되었는지 이유는 모른다. 어쩌면 능광검법의 성취 과정 속에서 그 자신도 모르게 망혼까지 더불어서 성취가 높아졌을 수 있다.

'어차피 방법은 그것뿐이야. 사용해 보고 발각되면 그대로 달아나는 거야.'

망량을 사용하기로 결정한 그는 경비원들의 시선을 돌릴 물건을 찾아 주변을 잠시 돌아봤다.

바닥에 작은 돌멩이 하나가 보인다.

그는 돌멩이를 손에 들어 태룡각 입구 바닥으로 굴렸다. 무사들의 시선이 돌멩이가 구르는 방향으로 향했다. 바로 그 순간 그는 태룡각을 향해 가볍게 일 보를 내디뎠다.


*　　　*　　　*


태활금 태룡전 빈소.

일엽이 장례식에 참석한 목적은 궁마의 사체를 직접 검시하기 위해서이다. 하지만 아무리 공적인 수사라 해도 그는 엄연히 정파 신분이었다.

그런 일엽에게 태활금이 궁마의 사체를 순순히 내어줄 리 없었다. 그래서 궁마의 검시 사안을 두고 태활금의 간부들과 청성검대가 적잖게 충돌을 일으켰다. 장례식의 엄숙한 분위기만 아니었다면 의견의 충돌을 넘어선 그 어떤 사단이 발생했을지도 모른다.

옥신각신하던 궁마의 검시 사안은 결국 장례식 발인 직전에 일엽이 잠시 살펴보는 것으로 타협을 보았다. 장례식의 분위기를 염려한 태활금 무인들의 양보 덕분인데, 반각에 불과한 짧은 시간이지만 일엽은 이 정도 선에서 충분히 만족했다.

이윽고 장례식의 절차가 끝나고 일엽이 검시할 시간을 맞이했다. 일엽과 사제들은 태활금 무인들의 엄중한 경호 아래 궁마의 사체가 담긴 목관으로 다가갔다. 죽은 지 열흘이 지난 시점이었다. 생전에 천하제일궁의 명성을 날렸던 궁마도 지금의 모습에선 보통의 사체와 별반 다르지 않았다.

"허! 궁마의 이런 모습을 보게 될 줄이야."

일학이 궁마의 사체를 내려다보며 허망하게 중얼댔다. 그 심정은 다른 사제들도 마찬가지. 그들은 검시에 앞서 착잡한 숨결을 흘려냈다.

"약속대로 반각의 시간을 주겠소. 의문 사안이 있다면 어서 확인을 해보시오."

태활십일궁 하추상이 마뜩찮은 어조로 말했다. 하추상은 현재 장례식의 제반 업무를 관리하고 있었다. 원래는 태활일궁 추강적이 장례식의 책임자였는데 어찌된 일인지 어제 저녁부터 모습을 보이지 않고 있었다.

일엽이 검시의 시작을 알렸다.

"사제들은 고인의 옷을 벗겨내라."

일학이 궁마의 옷을 벗겨냈다. 머리에 총상을 당한 궁마이기에 머리 아래쪽의 신체는 비교적 깨끗했다. 외견상으로는 타박상의 흔적조차 남아 있지 않았다.

'정말 총상이 사인의 전부란 말인가?'

궁마의 사체를 눈앞에 두고도 일엽의 뇌리엔 여전히 의문이 감돌았다. 일엽은 궁마의 저격 과정을 뇌리 속에서 그려봤다. 망혼보를 발휘한 자객은 궁마를 그대로 지나쳐서 궁마의 뒤통수에 자모총통의 첫 발을 쏘았다. 그리고 마주한 상태에서 천천히 다가가 두 번째 총환을 이마에 쏘았고 마지막으로 세 번째 총환을 궁마의 입 속에 갈겼다.

그때의 상황을 아무리 재설정해 봐도 납득이 잘 안 되었다. 자모총통에 저격된 후 궁마는 자객의 다가섬을 보고도 움직이지 않았다. 즉사가 아니었다면 최소한의 방어적 행동은 해야 옳지 않은가. 궁마는 그때 왜 움직이지 않았을까? 움직이지 못했던 다른 이유가 있었던가?

'등 뒤의 자객…… 혹시?'

일엽의 뇌리로 또 하나의 상황 추정이 지나갔다.

일엽은 그 즉시 궁마의 시신을 뒤로 돌려 등을 내보이게 하였다. 일견하기에도 의심스런 자국이 시신의 등에 남아 있었다. 허리와 엉덩이 사이에 선처럼 이어진 시반 자국이었다.

일엽이 하추상에게 물었다.

"고인께서는 생전에 허리에 고질이 있었소이까?"

하추상이 퉁명하게 답했다.

"무슨 소리를 하는 겁니까. 생전에 궁주께서는 매일 아침 연무대로 나와 백 발도 넘는 화살을 날렸소이다. 허리에 고질이 있었다면 어찌 그렇게 활시위를 당길 수 있었겠소이까."

"하면 저곳의 시반은 어찌된 일이오? 사후에도 저 정도로 멍울이 진하게 남을 정도라면 평소에 상당한 고통을 겪었을 것으로 추정되는데…….”

일엽의 말에 하추상이 시신의 허리로 시선을 맞추었다.

“응? 이상하군. 며칠 전에만 해도 저런 시반이 없었거늘.”

하추상도 영문을 모르겠다는 듯 고개를 갸웃했다. 거짓된 반응이 아니었다. 실은 태활금 내에서도 궁마의 사인을 두고 말들이 많았다.

그래서 그간 두 번에 걸쳐 은밀히 궁마의 시신을 조사했다. 하지만 하추상이 기억하기로 그때는 분명히 이러한 시반 자국이 남아 있지 않았다.

“아무튼 사체 확인이 끝났으면 청성당주께서는 그만 자리를 비켜주시오. 현재 다른 조문객들이 장지에서 모두 대기하고 있소이다.”

검시가 끝났음을 하추상이 알렸다. 일엽은 이때 청수진기를 손에 가득 모아 시신의 시반 지점에 손바닥을 붙였다. 청수진기는 내상의 원인을 파악하고 거기에 맞는 치료를 구함에 탁월한 효능이 있는 청성파의 내가기공이다.

일엽의 확인 과정은 그다지 오래 걸리지 않았다. 일엽은 청수진기를 거두고 자리에서 일어났고 그것에 맞추어 하추상이 궁마의 관을 장지로 옮기도록 지시했다.

궁마의 관이 장지로 떠날 때 일엽은 아주 곤혹스러운 표정이었다. 매사에 걸쳐 감정 표현을 극도로 자제하는 일엽이었다. 일엽의 이런 모습에 사제들이 의문을 가졌다.

"사형, 무슨 일입니까? 궁마의 사인에 다른 문제가 있는 겁니까?"

일엽은 곤혹한 표정을 한동안 유지하다가 무겁게 입을 열었다.

"궁마는 자객의 검기에 허리가 잘렸다. 그래서 그때 움직이지 못했던 것이다."

"네?"

"검기라니요, 그게 무슨?"

일엽의 주장에 사제들이 당혹한 표정을 비쳤다.

활로 승부하는 대활육쟁이다. 궁마와 자객은 생사교에 오를 당시 도검을 소지하지 못했다.

그리고 그때 그들의 승부를 지켜본 관중이 수천 명도 넘었다. 자객이 몰래 검을 사용했다면 이미 예전에 강호에 알려졌을 것이다.

"사형, 자객의 손에 검이 없었거늘 어찌 검기를 사용할 수 있었다는 말입니까?"

"설령 그렇다고 한들 검기라니요? 관중의 눈을 속이면서 궁마를 저격할 검기라면 보통의 검공 수준으로는 어림도 없습니다. 자객이 그 정도로 검공의 고수였다면 어찌 이제껏 무

림에 이름이 알려지지 않았겠습니까?'

"하추상의 주장에 의하면 허리의 시반 자국은 이전에 없었던 것이라고 합니다. 그렇다면 최근에 새로이 생겼다는 것인데 검기로 인한 상흔이 어찌해서 이제야 발견된다는 것입니까?'

사제들의 물음이 쏟아졌다. 의문을 제기하는 그들의 주장이 틀린 것은 아니었다. 일엽 역시 그들의 의문된 심정을 충분히 이해했다.

일엽은 그들의 의문에 답을 해주었다. 물음은 세 가지이지만 그의 답은 하나로 연결되고 있었다.

"지수검기…… 지수검(指手劍)으로 추정되는 검공이 발휘됐다. 그러기에 자객은 검을 소지하지 않고도 검기를 발휘했고, 나아가서 관중의 눈들은 물론이요, 궁마의 눈까지 속였다."

"네? 지수검이라고요?'

일엽의 결론. 사제들은 이런 답변이 나오리라고는 진정 꿈에도 생각 못하였다.

육수검. 혹은 지수검.

손가락으로 발휘되는 이론상의 내가검공.

검신의 신화 속에서나 등장할 법한 검공이다.

＊　　　＊　　　＊

태활금 태룡각.

"응? 방금 뭐가 지나갔지?"

"뭐야, 자네도 느꼈어? 나도 그래. 조금 전에 무언가가 우리 앞을 지나간 것 같아."

돌멩이가 구르고 난 후에 태룡각 경비 무인들은 찜찜한 눈으로 사방을 돌아봤다.

난데없이 굴러온 돌멩이. 돌멩이가 스스로 움직였을 일이 없으니 누군가가 의도적으로 이곳에 굴려 보냈다고 해야 한다.

"쓸데없는 소리! 우리가 두 눈을 시퍼렇게 뜨고 있는데 누가 여기를 지나간다는 말이야."

"맞아. 귀신이 아니고선 어찌 그럴 수가 있겠어. 조금 전의 돌멩이는 조문객 중의 누군가가 우리에게 던져 보낸 거야. 졸지 말고 경비를 똑바로 보라는 뜻이겠지."

태룡각 주변 어디에서도 경비 무인들 외에 다른 존재의 모습이 발견되지 않았다. 그러기에 경비 무인들은 이 현상을 머리에서 이내 지우고 원래의 경비 자세로 돌아갔다.

그러나 경비 무인들을 찜찜하게 만들었던 그 느낌.

실제로 그것은 잘못된 판단이 아니었다. 이 순간 담사연은 그들의 눈앞을 분명히 지나갔다.

그들이 담사연의 실체를 파악하지 못했던 것은 단순히 그의 속도가 빨라서 일어난 현상이 아니었다.

공간 굴곡. 공간 유영.

담사연은 인간의 눈으로는 파악하지 못할 공간의 사각지대에서 움직였다. 담사연 자신조차도 이런 방식으로 공간을 넘어가게 되리라고는 예상을 못했다.

그 과정을 담사연의 시선으로 풀이하면 이렇다.

그가 일 보를 내딛던 순간, 공간이 흔들린다 싶더니 주변 사물이 산란된 빛으로 투영되어 길쭉하게 늘어진다. 체중은 느껴지지 않으며 늘어진 공간 속에서 사물의 진행은 극도로 느려진다. 경비 무사들의 동작은 물론이요, 그들의 음성조차 길게 늘어져서 들려온다.

"으…으…으…웅……? 뭐…야? 방…금… 뭐…가… 지…나…갔……지?"

느려진 세상 만물의 운행 속에서 유일한 예외는 그의 움직임이다. 그는 허공을 유영하는 것 같은 걸음으로 경비 무인들의 앞을 지나 태룡각 안으로 들어간다. 태룡각으로 들어갈 당시 경비 무인들은 그를 눈앞에 두고도 그의 존재를 전혀 알아보지 못한다.

망혼보 이법신행 망량의 발휘.

망환이 무림의 보법으로 그나마 분류된다면 망량은 무공의 논리로써 도무지 설명되지 않는다.

불가공법으로서 망혼보의 진정한 위력은 바로 망량부터 시작되는 것이라고 할 수 있다.

**10장**

능광검법

　망량의 거짓말 같은 효력이야 어찌 됐든 담사연은 태룡각 안으로 무사히 잠입했다. 하지만 잠입에 성공했다고 해서 안도하기에는 아직 일렀다. 태룡각 안에 들어오고 나서도 망량의 여파에 계속 시달리는 문제점이 남아 있는 것이다.

　시야는 온통 산란된 빛. 눈은 어지럽고 뱃속은 심하게 울렁댄다. 천정이 빙빙 돌며 주변 사물은 물결처럼 쉼 없이 굽이친다. 급기야 그는 주저앉았고, 이어서는 바닥에 등을 붙인 채 축 늘어져 버렸다.

　그렇게 시간이 흐르고 흘러 그는 겨우 정신을 차렸다. 시간의 흐름은 그가 인지할 수 없었다. 반각의 짧은 시간이 흘러 갔을 수도 있고 한 식경이 지나갔을 수도 있으며 한나절을 통째로 넘겨 보냈을 수도 있었다.

"후아, 이거야 원……. 이래서야 어찌 망량을 사용할 수 있겠어."

그는 태룡각 바닥에 앉은 채로 실소를 흘려냈다. 이런 상태를 벗어날 수 없다면 실전에서 망량은 사용할 수 없었다. 망량의 효력에 도움을 받기는커녕 적의 칼에 무기력하게 당하고 말 터였다.

"경험은 한 번으로 족해. 앞으로는 망량을 발휘하지 않겠어."

담사연은 망량을 발휘했던 심정을 중얼대며 자리에서 일어났다. 시간이 얼마나 흘러갔는지 모르는 상태이기에 여유를 부릴 처지가 아니었다.

일어선 그는 실내의 구조를 우선적으로 살펴봤다.

사방 십 장 정도 크기의 공간이었다. 집무실 중앙에는 거대한 탁자가 놓여 있고, 동쪽 벽면으로는 산수화가 그려진 병풍 아래 침상이 놓여 있었다. 그리고 서쪽 벽면으로는 서고와 함께 각종의 활을 장식해 둔 무기고가 있었다.

실내를 돌아본 그는 서고 앞으로 걸어갔다. 태활금에 은신했던 궁마가 그간 무엇을 했는지 알아보려면 사중천의 밀지나 태활금의 일지 같은 문서를 우선해서 찾아봐야 했다.

"흐음."

서고를 이곳저곳 뒤적여 본 그는 곧 마뜩치 않은 숨결을 흘려냈다. 아쉽게도 서고의 문서는 깨끗이 정리되어 있었다. 상태로 보아 아주 최근에 정리한 것 같았다. 어쩌면 궁마의 비밀스러운 행적을 알고 있는 누군가가 증거 인멸 차원에서 의도적으로 서류를 정리했을 가능성도 있었다.

막막한 상태이지만 그는 추적의 실마리라도 잡고자 서고의 문서, 그중에서도 특히 궁마가 직접 작성한 것으로 보이는 태활 일지를 꺼내 한 장 한 장 면밀히 살펴봤다. 고무적이라면 그런 가운데 일지 안에서 무언가 의심스러운 글귀를 찾아내었다는 것이다.

삼월 구 일 산서 삼십팔번 십이 세 여홍!

사월 육 일 하남 사십삼번 십일 세 미연!

오월 십 일 하북 오십육번 십사 세 소희!

오월 칠 일 절강 육십일번 십오 세 주현!

유월 육 일 섬서 육십육번 십삼 세 시원!

칠월 삼 일 강서 칠십이번 십사 세 은설!

팔월 칠 일 호남 칠십사번 십일 세 지연!

이 글은 정식으로 일지에 기록한 글이 아닌, 일지 안에 별도로 끼워둔 쪽지에 적혀 있었다. 잊어버리지 않고자 임시로 적어둔 모양이었다.

"날짜와 지역, 그리고 사람의 나이와 이름. 이건 무엇을 의미하는 걸까?"

이리저리 생각해 보지만 이것만으로는 뜻을 알 수 없었다. 그는 일단 쪽지를 품속에 갈무리했다. 시간을 두고 찬찬히 그 뜻을 알아본다는 생각이었다.

서고 안에서 더 이상의 정보를 찾기가 어려워지자 그는 현장 철수에 나섰다. 생각해 보면 이곳을 나가는 문제도 잠입만큼 어려웠다. 망량을 한 번 더 펼친다는 것은 애초에 생각도 하지 않았다.

"어차피 잠입의 목적은 이루었어. 이젠 뭐가 어찌 됐든 정공법으로 뚫고 나가면 돼."

그는 탈출을 함에 가장 간단한 방법을 택했다. 남이 보든 말든 태룡각을 곧장 빠져나가는 것이다. 추적이 벌어지겠지만 그건 그에게 큰 위협이 될 수 없었다. 남들의 눈을 피해 달아나는 것은 그가 가장 자신을 가지는 분야 중의 하나였다.

"하긴 신강의 상황에 비교하자면 이건 일도 아니지."

그는 심호흡을 하며 태룡각의 입구로 걸어갔다. 그러던 한순간 그는 문득 눈을 빛내며 걸음을 다시 멈추었다.

"응?"

태룡각으로 들어오는 통로의 좌측 벽면에 크기가 제법 되는 사각 철문이 하나 만들어져 있었다. 일견하기에 벽면에 장착된 금고로 사용되는 철문 같았다.

비밀 금고라면 조사를 해봐야 한다. 그는 탈출을 잠시 미루고 철문으로 다가섰다. 철문이 잠겨 있다면 통째로 뜯어내어서라도 그 안을 확인할 생각이었다. 그런 생각으로 철문의 손잡이를 잡을 때였다.

달칵!

의외로 너무도 쉽게 손잡이가 돌아갔다. 금고의 철문이 잠겨 있지 않은 것이다.

그는 철문을 활짝 열었다. 그리고 그 안을 확인한 순간 눈살을 잔뜩 찌푸렸다.

피! 잘린 목!

목이 잘린 사체가 그 안에 있었다.

사체의 정체는 어렵지 않게 파악되었다.

태활일궁 추강적.

그의 사망첩에 포함되어 있었던 태활궁의 핵심 궁사였다.

그는 추강적의 사체를 보며 깊은 의문에 빠졌다.

추강적은 궁마가 저격된 현 시점에서 태활금의 서열 일순위이다. 그런 추강적이 궁마의 집무실 금고 안에서 죽었다.

누가 죽였는가? 왜 추강적이 죽임을 당해야 했다는 말인가.

"아!"

그의 뇌리로 이추수가 전해준 글이 문득 스쳐갔다.

기록의 원안 작성자는 태활일궁 추강적이며 그는 육추성 사망 열
흘이 되던 날에 태활금 내의 태룡각에서 머리가 뽑혀 나간 시체로 발
견되었습니다. 추강적의 죽음에 대해서는 후대에 남겨진 기록이 없
습니다.

돌이켜 보니 일전에 이추수가 추강적의 죽음에 대해 거론
했다. 그땐 관심을 둔 사안이 아닌 터라 대충 읽어보고 말았
는데 그 추강적의 죽음이 지금 이 순간 궁마의 비밀스런 행적
과 연동되어 의문스럽게 다가오고 있었다.

"추강적은 태활금의 이인자 신분이야. 궁마의 행적에 대해
추강적도 알고 있었을 가능성이 높아."

만약 그렇다면 또 다른 추론이 가능하다.

즉, 궁마의 지난 행적은 강호에 알려지면 결코 안 된다는
거다. 그러기에 흉수는 추강적을 죽여 기밀을 유지하고자 했
을 것이다.

"흉수는 동심맹? 사중천? 휴, 정말 어렵군. 뭐가 뭔지 모르
겠어."

동심맹의 청부에서 시작된 오늘의 의문은 단번에 풀어질 성질이 아니었다. 동심맹은 물론이요, 사중천도 이 사건에 엮여 있었다. 어쩌면 무림 전체가 이 사건에 휘말려 있을지 모를 일이다.

그는 그 정도에서 사건의 추론을 끝내고 추강적의 잘린 목을 쳐다봤다.

"억울해하지 마. 당신의 죽음은 어차피 예정되어 있었어."

금고 문을 닫았다. 그런 다음 그는 이런저런 생각을 지워내고 태룡각의 입구 통로로 곧장 걸어갔다. 이제부터는 탈출 사안에만 집중을 해야 할 터였다.

태룡각을 나가는 통로는 칠팔 장 정도의 길이이다. 출구가 임박해지자 그는 다시금 각오를 다졌다. 출구에 다다르면 그때부터는 망혼보를 전력으로 발휘해 태활금의 경비망을 뚫고 나갈 것이었다.

"어?"

그런데 그의 각오를 꺾는 변수가 발생했다.

그의 눈앞, 맞은편 통로 안쪽에서 누군가가 걸어오고 있었다. 이 시점에서 적과 대면하게 된 것을 걱정할 여유는 없었다. 현재 이곳은 태룡각 안. 즉각적인 조치가 뒤따라야 했다. 태룡각 안에서 그의 잠입이 발각된다면 그건 곧 태룡각에 고립됨을 의미했다.

그는 맞은편의 적과 눈을 마주치자마자 득달같이 앞으로 달려갔다. 상대 거리는 순식간에 십 보 안쪽으로 좁혀진다. 거리가 가까워진 만큼 맞은편 적의 모습이 한눈에 파악된다. 근육질 신체의 홍의 중년인. 병장기는 소유하지 않았다.

'일반 무인? 그나마 다행이군.'

상대 거리 삼 보. 담사연은 달려가는 동작에서 바닥을 박차며 주먹을 뻗었다. 절정의 무공 수법은 아니지만 신강의 살벌한 전장에서 실전으로 단련된 주먹이자, 초식이다. 일류의 무인이 아닌 다음에야 한 방에 나가떨어진다.

빡!

그의 주먹은 중년인의 턱에 정확히 적중됐다.

중년인의 얼굴이 타격 방향으로 휙 돌아간다. 성공적인 일격이긴 한데 이 순간 담사연은 전혀 만족스럽지 않았다.

'쇠, 쇳덩이!'

홍의인의 턱을 갈겼던 그의 주먹이 뼈마디가 부러진 것처럼 욱신거렸다. 그는 본능적으로 무언가가 잘못되었음을 느끼곤 홍의인에게 달라붙었던 신체를 급히 되돌렸다.

"어딜!"

아찔한 상황은 해소되지 않았다. 발은 떨어져 나왔지만 그의 주먹이 그만 홍의인의 손에 잡히고 말았다. 그의 일격을 받은 즉시 홍의인이 반격을 준비했다는 뜻과 같았다.

"!"

뒤로 물러서려는 담사연을 홍의인의 확 끌어당겼다. 담사연은 홍의인의 손아귀 힘이 워낙에 강해 버틸 수가 없었다. 그래서 임기응변의 수법으로 홍의인의 가슴을 향해 스스로 뛰어들며 무릎을 바짝 세워 올렸다. 슬격의 공격이다.

"하! 재밌는 놈이로다!"

슬격이 홍의인의 가슴에 꽂혔지만 바윗덩이에 부딪친 것 같은 통증만 느껴질 뿐 효과는 역시 없었다. 게다가 이번엔 홍의인의 응징적인 반격도 즉각적으로 뒤따랐다. 홍의인이 담사연의 손을 잡은 상태 그대로 통로 뒤편의 태룡각 벽면으로 드세게 내던져 버린 것이다.

휘잉! 쿵!

담사연은 십 장이 넘는 공간을 가로질러 벽면에 사납게 처박혔다. 신체 방어를 하고 말고 할 틈이 없었기에 극심한 고통이 전신으로 퍼졌다. 그리고 이것이 끝이 아니었다. 벽면에 처박힌 담사연이 그나마 정신을 차려 고개를 들었을 때 그의 눈앞에서 붉은 기운이 번쩍였다.

쿠아앙!

홍의인의 장공 발휘에 벽면이 산산조각 났다.

"으으으."

담사연은 박살 난 벽면에서 일 장 정도 비켜난 지점에서 비틀거리며 일어났다. 홍의인의 장공이 날아오던 위기의 순간 반사적으로 망혼보를 발휘했다. 그게 아니었다면 그의 신체 는 조각난 벽과 더불어 갈기갈기 찢겼을 것이다.

"웅? 뭐야?"

담사연이 그렇게 무사한 모습으로 일어나자 홍의인이 그 만 인상을 찌푸렸다. 홍의인의 입장에선 상대의 사지를 작살 내고도 남을 일격이었다. 그런 공격을 받고도 어떻게 멀쩡한 모습으로 일어날 수 있는지 이해가 잘 안 되는 경우였다.

"네놈은 누구냐? 지금 대체 무슨 수작을 부린 거냐?"

누구냐고 묻는 말,

솔직히 담사연이 오히려 물어보고 싶은 말이다.

담사연은 홍의인을 노려보는 자세에서 싸늘하게 입을 열 었다.

"비켜! 죽고 싶지 않으면!"

"죽인다고, 나를? 좋아. 오늘 한번 죽어보자. 안 그래도 올 해 염라대왕을 만나보는 게 내 소원이다."

홍의인이 이기죽거리며 담사연의 삼 보 앞으로 다가섰다. 그를 견제하는 모습은 일절 없었다. 하수 상대하듯 방어 자세 조차 제대로 잡지 않았다.

담사연은 홍의인의 이러한 안하무인격인 모습을 보고도 선뜻 응징에 나서지 못했다. 최선의 결정을 하기가 어려웠던 것이다.

'고수! 태활십궁의 수준이 아냐.'

조금 전까지만 해도 홍의인이 태활금의 상급 궁사라고 여겼다. 그들 정도의 수준이라면 일전에 대적을 해본 터라 승부가 충분히 가능했다. 그런데 막상 가까운 거리에서 홍의인을 마주해 보니 그게 아니었다. 혈기를 일렁이는 눈빛. 숨이 막힐 것 같은 공간 압박. 태활십궁들과는 비교가 안 되는 무인이었다. 느낌으로는 단화진이나 육추성보다도 더 강한 무인 같았다.

'누구지? 무림에 이런 인물이 있었던가?'

무림의 경험이 얕은 탓에 홍의인의 정체를 그가 알아낼 수는 없었다. 무공의 수준은 가늠되지 않고 정체는 불분명하다. 이런 적과는 되도록 대적을 피하는 것이 상책일 터다.

"뭐야? 주둥아리로 싸우는 놈인 거야? 실망스럽군."

담사연이 머뭇거리자 홍의인이 먼저 공격에 나섰다. 공격의 수법은 혈수장(血手掌). 홍의인은 핏물이 뿌려질 것 같은 붉은 손을 들어 담사연의 안면부를 타격했다.

"으흡!"

담사연은 바닥에 나동그라졌다. 단순한 초식이고, 또 나름으로 적의 공격에 대비했건만 도무지 혈수를 막아낼 수 없었다. 그나마 방어적 차원에서 스스로 바닥에 쓰러졌기에 충격을 줄일 수 있었다.

"쥐새끼! 잔재주를 믿고 설친 거냐!"

홍의인이 허공으로 떠올랐다. 그리고 바닥에 쓰러져 있는 그를 향해 혈수장을 강하게 내려찍었다.

쿠앙! 우즈즉!

대리석 바닥을 깨뜨리는 폭음과 함께 태룡각이 통째로 뒤흔들렸다. 담사연은 옆으로 굴러 혈수장을 간신히 피해냈다. 위력을 증명하듯 그가 쓰러져 있던 대리석 바닥에는 손바닥 문양이 선명히 찍혀 있었다.

'엄청나군. 그냥 지옥으로 갈 뻔했어.'

담사연은 안도의 숨을 내쉬며 재빨리 일어섰다. 두 번 연속해서 혈수를 날렸던 홍의인은 현재 공격을 잠정적으로 중단하고 있었다. 공격을 중단한 이유는 담사연이 몸을 구르기 직전, 순간적으로 선보였던 반격에 기인되어 있었다.

조금 전 혈수에 찍힐 때 담사연은 누워 있는 자세에서 요대에 걸린 말채찍을 빼내 검처럼 휘둘렀다. 검이 아닌 말채찍이지만 능광검법의 월광초식이 그 안에 담겼다. 홍의인이 입장에서는 그야말로 꿈에도 생각 못한 반격이다.

"지금 내게 무슨 짓을 한 거지?"

홍의인이 찌푸린 얼굴로 물었다. 곤혹한 감정의 표현. 그도 그럴 것이 홍의인의 상의는 허리를 기준으로 칼로 벤 것처럼 깨끗하게 잘라져 있었다.

"……."

담사연은 홍의인의 물음에 답하지 않았다. 무표정한 얼굴로 홍의인을 노려볼 뿐이었다.

"하! 이놈 봐라? 오냐오냐 해주었더니 이젠 눈알에 힘까지 주고 있네?"

홍의인이 화난 얼굴로 다시 혈수를 날렸다. 이전보다 훨씬 강맹한 혈수장이지만 이번엔 담사연의 대응이 많이 달랐다. 홍의인을 마주 본 자세에서 그가 뒤로 빠르게 움직이자 혈수가 그의 몸을 그냥 힘없이 관통해 버렸다. 정확히는 망혼보의 발휘로 인해 담사연의 몸이 아닌, 그가 위치했던 공간을 가르고 지나갔다.

"이놈! 사술을 쓰는구나!"

홍의인이 일갈을 터뜨리며 담사연에게 직접 달려들었다. 상대와 엉겨 붙고자 혈수장법이 아닌 육체를 앞세워 돌진했는데 이번의 결과는 더 황당하고 더 허무했다. 담사연이 뒤로 움직이던 몸을 멈추고 앞으로 움직이자 그만 분신술을 펼친 것처럼 좌우로 신형이 펼쳐져 홍의인의 눈앞을 지나가 버렸다.

"으으."

담사연의 움직임을 뒤따라서 홍의인이 돌아섰다. 표정에

서 여유는 사라졌다. 좌우로 펼쳐져 움직이는 보법. 도사 나부랭이들이 흔히들 지껄이는 분신술법이 아니고서야 이런 움직임이 과연 가능한 것인가.

"카아! 본좌를 정말 열 받게 하는 놈이로다!"

홍의인이 혈안을 번쩍거리며 두 손을 가슴 앞으로 모았다. 곧이어 상의가 부풀어 오르더니 전신에서 칼날 같은 혈기가 발산됐다.

츄츄츄! 츄츄츄! 츄츄츄!

수십 개의 칼날 혈기가 담사연의 전후좌우로 날아갔다. 보법을 잡을 수 없으니 그의 활동 가능한 공간을 모조리 날려 버리겠다는 심산이다.

혈기도파의 폭격에 태룡각 실내는 삽시간에 전쟁터로 변했다. 서고를 비롯한 사무실 집기는 박살이 났고, 벽과 바닥은 온통 부서지고 갈라졌다.

담사연은 이런 와중에도 망혼보를 연이어 발휘해 혈기도파의 공격을 피해냈다. 상황이 좋지 않다면 사방이 막힌 태룡각 실내에서 움직이고 있다는 것이었다.

'무한정 피할 수만은 없어! 결정해야 돼!'

그가 이제껏 대적했던 어떤 무인보다도 강한 홍의인이지만 그렇다고 정면 대결에서 승산이 없는 것은 아니었다. 사망탑의 수련 과정을 거친 후로 그는 상대가 누구이든 일대일의 대결에서 지지 않을 자신이 있었다.

'아냐, 능광검은 올바른 대처가 아냐. 지금이면 이곳의 상황이 외부에 알려졌을 거야. 의미 없는 승부에 도박할 필요는 없어.'

그는 결정과 동시에 몸을 돌려 홍의인을 향해 과감히 달려 갔다. 자살 공격 같은 그의 돌진에 홍의인은 혈수장을 날렸다.

푸아앙!

혈수장이 담사연의 몸에 강타됐다. 하지만 강타되었다고 여겨졌던 그 순간 담사연은 홍의인의 뒷목을 감아 잡고 그대로 바닥에 내려찍었다.

쿵!

담사연의 몸과 홍의인의 얼굴이 동시에 바닥에 찍혔다. 머리가 빠개질 것 같은 육체의 충격은 둘째 문제. 홍의인은 서로의 몸이 엉겼던 자세에서 벌떡 일어나 담사연을 무섭게 노려봤다. 개싸움과 다름없는 이런 공격은 홍의인의 무림 인생에서 한 번도 겪어본 적이 없다.

"쳐 죽일 놈! 감히 나를!"

담사연은 홍의인의 노한 반응에 여전히 감정을 표출하지 않았다. 그는 바닥에서 일어나 바랑에 손을 넣어 검은 물체를 꺼내곤 홍의인에게 다시 달려들었다.

콰콰콰콰콰!

홍의인의 전신에서 혈기가 발산되어 몸을 감쌌다. 혈기도강의 수법! 담사연의 돌진을 원천적으로 막아버리고자 내기로 형성된 방어막을 형성한 것이다.

그런데 담사연의 이번 돌진은 홍의인과 육체 충돌을 하기 위함이 아니었다. 그는 홍의인의 삼 보 거리 앞에서 손에 든 검은 물체를 내던지곤 벼락같이 뒤로 물러섰다. 그의 음성도 이때 뒤따랐다.

"떠버리! 선물이야."

쿠아앙!

홍의인의 전신이 화약 불꽃과 함께 폭발했다. 담사연이 던진 것은 전장에서 사용되는 진천뢰. 오늘의 침투 상황에 대비해 그가 사전에 구해둔 것이다.

홍의인에게 진천뢰를 선물했던 담사연은 그 즉시 태룡각 입구로 달려갔다. 달려갈 때 그는 진천뢰 하나를 바랑에서 더 꺼내어 태룡각 입구로 내던졌다.

쿠아아앙!

연속된 진천뢰 폭발에 태룡각의 구조가 무너지기 시작했다. 건물의 잔해가 우박처럼 떨어지는 가운데 담사연은 불길에 휩싸인 입구를 박차고 나갔다.

"카아!"

그리고 그가 입구를 나간 것과 동시에 화약 폭발에 휩싸였던 홍의인이 벌떡 일어났다. 머리는 산발, 옷은 넝마가 되었지만 중상하고는 거리가 멀었다. 홍의인은 두 눈에서 무시무시한 살기를 분출하며 담사연이 나간 입구로 달려갔다.

*     *     *

손가락의 내기로 발휘하는 검법, 속칭 지수검공은 일찍이 무림에서 상당히 연구되었던 검공이다. 한편으로 역대의 무림검가에서 여러 번 창안되었던 검공인데 그기에 검가의 양대 산맥인 무당파와 화산파에도 지수검공의 원리를 바탕으로 태지검법과 자수검법이 각각 만들어져 있었다.

하지만, 각파의 지수검공은 어디까지나 관전 용도의 성격이 짙었지 실전에서 사용된 적은 거의 없었다. 목을 걸고 하는 싸움에서는 지수검공이 진검의 위력을 따라잡을 수 없다고 판단한 것이다.

청성파도 무림의 다른 검가와 마찬가지로 지수검공을 형식적으로 창안해 두고 있었다. 청수검법이라 불리고 있는데 당대의 청성파에서 이것에 대해 가장 큰 성취를 이룬 이는 다름 아닌 일엽 그 자신이었다.

수중무검!

이기어검과 어검술로 대변되는 절정검도는 '손에는 검이 없다' 라는 무림의 논리에 기반을 둔다. 일엽은 무당파와 화산파의 검세를 넘어서고자 지난 세월 각고의 노력을 다해 검공을 수련했다. 그러나 의지와 다르게 그의 어검은 비검(飛劍)의 한계를 극복하지 못한 채 오랫동안 성취가 답보되었다.

그의 절정검도가 정체된 이유. 일엽은 이것의 원인을 청성파의 검법 성격에서 찾았다. 청성파는 정일교의 교리를 따르는 도교 문파로서 심신수련을 함에 검을 들기보다는 도교의 정통 논리에 입각한 부주와 방술 공부에 주력했다. 그러기에 내가 기공이 바탕이 된 절정검법은 후대에 이르러 무당파나 화산파에 비교해 수준이 많이 낮아졌다. 물론 내가 기공을 배제해서 검초의 현란함과 위력만으로 따지면 청성파의 검공도 무당파와 화산파의 검법에 조금도 못하지 않았다.

이제 와서 내가 기공을 새로이 창안해 무당과 화산을 따라잡는다는 것은 천운이 없고서는 거의 불가능하다. 그래서 일엽은 수중무검의 새로운 논리를 찾는 검공으로 수련의 방향을 돌렸다. 그것이 바로 청수검. 진검이 아닌 손가락의 진기로 발휘하는 지수검공이었다.

일엽이 육추성의 시신에서 지수검공의 흔적을 찾아낼 수 있었던 것도 그가 그만큼 그 검공에 대해서 공부가 깊고 또 성취가 높았기 때문이다.

일엽을 곤혹스럽게 하는 문제가 있다면 궁마의 시신에서 발견된 지수검공의 흔적이 완벽에 가까울 정도로 높은 성취를 보였다는 것이다.

지수검공은 진검이 아닌 내기에 의한 검공인 터라 적에게 상해를 입힐 경우 일정 기간 외상이 나타나지 않는 특징이 있다. 궁마의 시반이 사망 이후 뒤늦게 나타난 까닭도 바로 그런 특징이 원인이 되어서였다.

하지만 실전에서 그 정도 수준을 보이자면 지수검공이 완숙의 경지에 다다라야만 가능했다. 그런 경지는 역대의 어느 검사도 이뤄내지 못했고 일엽 자신도 그 수준에는 한참 못 미친다. 한데 자객은 실전에서 지수검공을 능숙하게 사용했다. 하물며 그 대적 상대는 사중십마의 일인인 육추성이었다.

"사형, 자객의 지수검공 발휘에 이해가 안 되는 점이 있습니다. 소제가 알기로 지수검공은 내공이 화경의 경지에 이른 고수만이 발휘가 가능하다고 알고 있습니다. 만약 자객이 지수검을 발휘할 정도로 내공이 대단했다면 단화진의 저격에서는 어찌 그런 무력을 사용하지 않았던 겁니까?"

일학의 물음. 일엽이 곤혹스러워했던 생각의 연장선상이다. 일엽 역시도 자객이 단화진의 저격에서 지수검공을 사용하지 않은 것에 대해서 의문이 있다. 다만, 내가 고수만이 지수검공을 발휘한다는 그 물음에는 다른 답을 해줄 수 있다.

"일학 사제가 잘못 알고 있다. 지수검공은 내공의 세기와는 크게 상관없다. 지수검공에서 가장 우선시되는 것은 지수검론의 바른 이해와 깊은 깨달음에 있다. 내공과 초식은 그다음의 문제이다."

"허나, 그건 검가의 논리에 어긋나는……."

일학은 일엽의 주장에 선뜻 동의하지 못했다. 일엽의 사제로서가 아닌 한평생 검공의 길에 매진한 검사로서 가지는 의문인 것이다.

"사제는 지금 무당파의 태지검법이나, 화산파의 자수검을 염두에 두고 그런 말을 하는 것이냐? 그렇다면 그 생각을 머리에서 지워내라. 내공이 주가 되는 태지검법과 자수검법은 지수검공의 변종이지, 정종의 지수검공이 아니다. 무당파와 화산파는 지수검공에 대한 이해가 부족한 나머지 그런 엉터리 검론을 강호에 흘린 것이다."

화산파와 무당파의 지수검공을 변종으로 취급하는 일엽이다. 일엽이 아니고서는 당대 무림에서 이런 주장을 감히 하지 못할 것이다.

일선이 질문 방향을 돌렸다.

"하면 사형, 자객의 지수검공은 어떤 검파의 검공이라고 생각하십니까? 궁마가 당했을 정도이니 강호에서도 상당히 정평이 난 검공 아니겠습니까,"

이 물음에 일엽은 무겁게 고개를 저었다.

"나 역시 그 점이 궁금하다. 자객이 궁마의 시신에 남긴 흔적은 완벽에 가까운 지수검공이었다. 천하의 어떤 무파에서도 그 정도 경지에 이른 지수검공은 창안하지 못했다. 다만⋯⋯."

일엽이 끝말을 묘하게 흘렸다. 사제들은 일엽의 다음 말에 귀를 기울였다. 분위기로 보아 일엽이 그 어떤 해답을 제시할 것 같았다.

"이 시점에서 나는 무림에서 불가능하다고 취급되었던 하나의 검법이 문득 생각이 난다."

"불가능이라고 하시면⋯⋯."

"능광검법."

"네?"

일엽의 말에 사제들은 떨떠름한 얼굴로 변했다.

불가공법이 갑자기 왜 거론되는가.

능광검이 지수검공과 무슨 상관이 있다는 말인가.

일학이 말했다.

"사형, 능광검법은 진검을 사용하는 검공이지 않습니까? 예전에 양정이 진검을 들고서 능광검법을 발휘했다고 알고 있습니다."

"그렇지 않다. 당시 양정이 녹림당의 당수 냉천악을 상대로 발휘했던 것은 능광검법의 이종이자 변종인 검공이다. 불가공법으로서 능광검법을 처음으로 주장했던 사마상의 주장에 의하면 능광이 태산의 검선으로부터 전수받은 검공은 수중무검의 논리에 입각한 것이라고 했다. 기록에도 능광이 검법을 대성하고 하산했을 때 그는 검을 소지하지 않았다고 했다. 불가공법 중의 망혼보를 발휘했던 자객이다. 자객의 검법이 능광검법이라고 단언할 수는 없는 일이겠지만 의심은 충분히 해볼 수 있다고 생각한다."

일엽의 말이 끝나자 사제들은 착잡한 숨을 내쉬었다. 저격 사건의 실마리를 잡고자 궁마의 시체를 검시했건만 오히려 사건이 더 복잡해져 버렸다.

일엽의 의심처럼 자객이 능광검법을 대성했다면 그건 악몽이나 다름없다. 불가공법 중에서 두 가지를 소유한 자객. 혹여 그 자객과 대면한들 대적이 과연 가능하겠느냐는 불안감이 안 생길 수가 없다.

"자, 일을 마쳤으니 우리는 그만 숙소로 돌아가자. 오늘 이후로 자객에 관해서 더욱 집중적으로 알아봐야 할 터다."

일엽의 명에 사제들이 발길을 태활금의 정문으로 돌렸다. 그렇게 정문으로 향하던 시점이었다. 태룡각 부근에서 갑자기 큰 폭음이 들려오더니 화약 폭발로 추정되는 검은 연기가 하늘로 치솟았다.

"무슨 일이지?"

일엽과 사제들은 폭발음이 들려온 방향을 의문스럽게 쳐다봤다. 그러자 이번에는 궁마의 장지 부근에서 또 한 번의 폭발음이 들려왔다. 장내는 이제 혼란이 극에 달했다. 무인들이 집단으로 뛰어다니며 고래고래 소리를 질러댔다.

일선이 장지 부근을 바라보며 말했다.

"상황이 발생한 것 같은데 우리도 가볼까요?"

"태활금 내의 일이다. 우리는 상관없으니 어서 이곳을 나가자."

이때까지만 해도 일엽과 사제들은 태활금 정문으로 향하는 걸음을 유지했다. 하지만 잠시 후 바랑을 둘러멘 인영 하나가 그들의 옆을 쏜살같이 지나쳐 가자 그들도 이제 이 사태에서 더는 방관자로 있을 수 없게 되었다.

"응? 저자는?"

인영의 정체를 가장 먼저 알아낸 이는 현 상황에 별로 관심을 보이지 않았던 일엽이었다.

그들의 옆을 지나간 인영.

방문록 장소에서 일엽이 세 번이나 주목했던 바로 그 송상이라는 마장주다.

'경신법? 무공을 배운 자란 말인가?'

일견하기에 마장주의 경신법이 예사롭지 않았다. 옆을 지나간 잠깐 사이에 이십 장도 넘게 내달리고 있었다. 상황으로 보아 태활금에서 도주를 하고 있음이다. 왜 도주를 하는 걸까? 태룡각에서 폭발음이 들려왔는데 그것과 관련이 있다는 뜻인가. 일엽이 그렇게 현 상황에 대해 관심을 가질 때였다.

"카아아! 죽여 버리겠다, 이놈!"

화가 난 모습으로 마장주를 추적하는 홍의인이 일엽의 눈에 들어왔다.

"혈마!"

"소적벽!"

사제들도 동시에 홍의인을 발견했다. 그 순간 일엽은 마장주가 달려간 방향으로 청성파의 신법, 능파보를 발휘했다. 얼마나 움직임이 빨랐는지 일엽의 음성은 달려가고 난 후에 들려오고 있었다.

"정문에 대기한 청성검대에 알려라! 저자를 반드시 추포해야 한다!"

*　　*　　*

태룡각을 빠져나온 담사연은 태룡전을 거쳐 태활금 정문으로 곧장 내달렸다. 태룡각 경비무사들과 인근의 태활금 무인들이 영문도 모른 채 그를 뒤쫓았지만 그의 경신 속도를 쉽사리 따라잡을 수는 없었다.

태활금 정문까지는 대략 백 장. 도주에 난관이 있다면 이제부터였다. 정문으로 향하는 중간에 육추성의 장지가 있었다. 그러기에 장례식에 참석한 무림인들이 현재 그의 전방 곳곳에 자리해 있었다.

　'그냥 뚫고 나가. 정문까지만 무사히 나가면 돼.'

　태활금에 잠입하기 전 안전한 도주로를 먼저 확보해 둔 터였다. 그로서는 정문을 나가기만 하면 빠른 시간 안에 잠적할 자신이 있었다.

　'시선을 돌릴 떡밥이 필요하겠지.'

　그는 달리던 중에 바랑을 허리로 돌려 칠채궁의 부품들을 꺼내 조립했다.

　탁탁탁탁!

　칠채궁은 순식간에 석궁의 모습을 갖추었다. 그는 완성된 석궁을 전방의 장지로 조준했다.

　표적은 궁마의 관, 쇠뇌전은 화약이 걸린 강뇌전.

　그는 격발 직전 쓴 미소를 살짝 머금었다.

　'두 번 죽여 미안하군.'

　투웅!

　석궁에서 강뇌전이 발사됐다.

　공간을 가로지른 강뇌전은 한 치의 어김없이 궁마의 관에 명중되었다.

쿠아아앙!

궁마의 관이 난데없이 폭발하자 주변의 무림인들이 크게 난리를 떨었다. 장내의 극심한 혼란. 이는 그가 도주로를 확보하고자 의도적으로 일으킨 것이다. 무림인들의 시선이 궁마의 관에 집중되었을 때 그는 정문으로 전력을 다해 달려갔다.

'정문에 경비 다섯.'

정문까지 십여 장, 정문의 경비원들이 포착된다. 그는 속뇌전 두 발을 석궁에 장착하고 지체 없이 쏘았다. 경비 무인 둘이 꼬꾸라진다. 그는 곧이어 화약이 걸린 강뇌전을 장착하고 정문 상단을 조준했다. 경비원 셋과 정문을 한꺼번에 날려 버릴 생각이었다.

그런데 격발 직전의 시점에서 그만 변수가 생겼다.

등 뒤의 공간에서 갑자기 막대한 압력이 느껴졌다. 그와 동시에 누군가가 끌어당기고 있는 것처럼 그의 경신 속도가 현저히 줄어들었다.

'뭐지?'

그는 찜찜한 심정에 고개를 뒤로 돌려봤다. 칠팔 장 정도의 거리를 두고 노도사가 오른손을 활짝 펼친 채 달려오고 있었다. 펼친 그 손에서는 회오리 같은 기파의 파장이 일어나고 있었다.

'저 도사는?'

방문록 장소에서 그를 세 번이나 주목했던 바로 그 노도사인데 상황이 아주 위급했다. 노도사의 경신술은 허공답보나 다름없을 정도로 속도가 빨랐다. 노도사와 눈을 마주친 잠깐 사이에 거리는 오 장으로 좁혀져 있었다.

'여기서 머뭇거리면 안 돼.'

그는 석궁에 장착된 강뇌전을 노도사에게 조준했다. 그리고 전진신법을 유지한 자세에서 지체 없이 격발시켰다.

콰아앙!

강뇌전이 노도사의 눈앞에서 폭발했다. 정확히는 노도사의 손바닥 안에서 강뇌전이 폭발했다. 폭발의 여파에 노도사의 신법이 그제야 멈추었다. 담사연은 그 짧은 틈에 정문으로 몸을 돌려 전력으로 내달렸다.

"막앗!"

경비 무인 셋이 칼을 휘두르며 그의 진로를 저지했다.

쇠뇌전을 장착할 시간은 없다.

그는 바랑에서 철검을 꺼내 들곤 무인들의 칼날 속에 직접 뛰어들었다.

"윽!"

"으윽!"

그가 달려가는 속도에 맞추어 경비 무인들이 차례로 쓰러졌다. 원인은 모른다. 경비 무인 자신들도 무엇에 당했는지 모른다.

쾅!

무인들이 쓰러진 직후, 정문이 박살 났다. 그는 박살 난 정문을 통해 태활금 밖으로 쏜살같이 뛰쳐나갔다.

그가 정문을 빠져나간 후로 노도사가 정문에 도착했다. 강뇌전 폭발에 정면으로 맞섰음에도 신체에는 아무런 이상이 없었다. 도복조차 폭발의 흔적이 남아 있지 않았다.

"당주님!"

박살 난 정문 밖에서 청성검대원의 일부가 안으로 들어왔다.

노도사, 일엽이 물었다.

"자객은?"

"자객이라니요?"

청성검대는 현 상황을 제대로 이해하지 못한 모습이었다. 정문을 나간 자객과 부딪치지 않았다는 의미이다.

"으음."

일엽은 불편한 숨결을 흘리며 정문 밖으로 직접 걸어 나갔다.

자객의 모습은 어디에서도 보이지 않는다. 도주로를 사전에 준비해 둔 듯 종적조차 남아 있지 않다.

"사형, 몸은 괜찮으십니까?"

일엽의 사제들도 뒤늦게 정문 앞에 도착했다. 그들은 일엽이 대라흡진력으로 도망자의 강뇌전에 정면으로 맞서는 것을 쳐다보면서 달려왔다.

일엽은 상황 설명 없이 바로 명을 내렸다.

"현 시각부터 청성검대는 자객을 뒤쫓는 추적전열을 구성한다. 자객의 추적은 다른 어떤 사안보다 우선이며 지원이 필요하다면 청성과 강북지부에 연통하여 제자들은 전원 현장에 투입케 하라."

일엽의 명을 받들기는 하는데 사제들로서는 의문이 있다.

일학이 물었다.

"사형, 자객이라고 말씀하심은?"

"궁마를 저격했던 자객, 아비객. 바로 그놈이었다."

일엽은 대답에 이어 오른손에서 쇠뇌전 한 발을 증거품으로 사제들에게 내어 보였다.

"아!"

"그럴 수가!"

예상치 못했던 자객의 출현.

일엽은 청성검대의 깜짝 놀라는 반응을 잠시 살펴보곤 뒤돌아섰다. 소적벽이 십여 보 떨어진 곳에 자리해 있었다. 그가 자객의 추적에 실패했듯 혈마 역시 자객의 움직임을 놓쳐버린 것이다.

일엽은 오른손에 들린 쇠뇌전을 소적벽에게 던졌다.

쇠뇌전을 받은 소적벽이 일엽을 묘하게 건너다봤다. 뜻을 묻는 것일 터다.

일엽이 말했다.

"소 공께서 이제 설명을 해주어야 하겠소이다."

"……."

"자객이 궁마의 집무실에 침투한 이유는 무엇이오?"

"……."

소적벽은 대답 없이 일엽을 가만히 노려봤다.

"내 물음이 추상적으로 들린다면 조금 더 분명하게 말하지요. 궁마는 대체 그동안 무슨 짓을 했던 것이오? 무슨 짓을 했기에 자객이 위험을 감수하고 궁마의 행적에 대해 직접 조사를 하는 것이오?"

소적벽은 여전히 입을 열지 않았다. 일엽을 쳐다보며 조소 어린 웃음만 가볍게 흘릴 뿐이었다.

"킥!"

『자객전서』 3권에 계속…

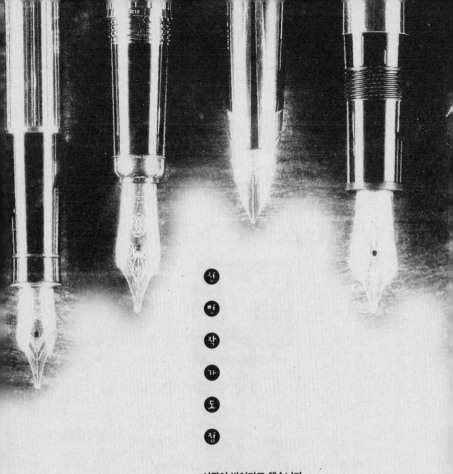

시작이 반이라고 했습니다.
작가의 길에 대한 보이지 않는 벽을 과감히 깨뜨리십시오!
청어람은 작가 지망생 여러분들의
멋진 방향타가 되어드리겠습니다.

저희 도서출판 청어람에서는
소설 신인 작가분들을 모집합니다.
판타지와 무협을 사랑하시는 분들의 많은 참여를 바랍니다.
소정의 원고(A4용지 150메)를 메일이나 우편으로 보내주시면
검토 후 출판 여부를 알려드리겠습니다.

주소:경기도 부천시 원미구 심곡2동 163-2 서경B/D 2F 우편번호 420-822
TEL:032-656-4452 · FAX:032-656-4453
http://www.chungeoram.com
e-mail:chungeoram@chungeoram.com

FANTASTIC ORIENTAL HEROES
백미가 新무협 판타지 소설
천선지가
불의의 사고로 죽은 청년 이강
그를 기다린 것은 무림이었다!
어느 날
그에게 찾아온 운명,
천선지사.
각인 능력과 이 시대엔 알지 못한 지식으로
전생에서 이루지 못한 의원의 꿈을 이루다!
『천선지가』
하늘에 닿은 그의 행보가 시작된다!
Book Publishing CHUNGEORAM
유행이 아닌 자유추구 -
WWW.chungeoram.com

FUSION FANTASTIC STORY
월문선 장편 소설

# 화려한 귀환

머나먼 이계의 끝에서
다시 돌아온 남자의 귀환기!

『화려한 귀환』

장점이라고는 없던 열등생으로 태어나,
학교에서 당하는 괴롭힘을 버티지 못하고
자살이라는 극단적인 선택을 하게 된 남자, 현성.

"돌아왔다⋯⋯. 원래의 세계로!"

이계에서 죽음을 맞이하게 된 현성은
자신을 죽음으로 내몰았던 현실 세계로 돌아오게 된다!

고된 아픔들, 그리웠던 기억들.
모든 것을 되살리며 이제 다시 태어나리라!

좌절을 딛고 일어나 다시 돌아온
한 남자의 화려한 이야기!
이보다 더 '화려한 귀환'은 없다!

FUSION FANTASTIC STORY
건(建) 장편 소설

# 컨트롤러
## Controller

세상에게 당한 슬픔,
약자를 위해 정의가 되리라!

「컨트롤러」

부모님의 억울한 죽음.
더러운 세상에 희롱당해
무참히 희생당한 고통에 분노한다!

"독하게… 살아가리라!"

우연한 기회를 통해 받은 다른 차원의 힘.
억울함에 사무친 현성의 새로운 무기가 된다.

냉정한 이 세상을 한탄하며,
힘조차 없는 약자를 대변하고자
내가 새로운 정의로 나서겠다!

Book Publishing CHUNGEORAM

유행이 아닌 자유추구 -
WWW. chungeoram.com

FANTASY FRONTIER SPIRIT

**이휘 판타지 장편 소설**

TAN REY NOR

이안 레이너

끊어진 가문의 전성기.
무너진 영광을 다시 일으킨다!

『이안 레이너』

백인대장으로 발령받은 기사, 이안
부하의 배신으로 인해
낯선 땅에 침범하게 된다.

"살고 싶다… 반드시 산다!"

몬스터들이 우글거리는 척박한 환경에서
새로운 힘을 접하게 된다.

명맥이 끊겼던 가문의 영광!
다시 한 번 그 힘을 이어받아,
과거의 명예를 되찾으리라!

Book Publishing CHUNGEORAM

유행이 아닌 자유추구 -
WWW.chungeoram.com